AF093920

پھر چاند نکلا

(بچوں کی کہانیاں)

مرتبہ:

انیس الرحمٰن

© Taemeer Publications LLC
Phir Chaand nikla (Kids Stories)
by: Anees-ur-Rahman
Edition: October '2023
Publisher & Printer:
Taemeer Publications LLC (Michigan, USA / Hyderabad, India)

ISBN 978-93-5872-314-4

9 789358 723144

© تعمیر پبلی کیشنز

کتاب	:	**پھر چاند نکلا** (بچوں کی کہانیاں)
مرتبہ	:	انیس الرحمٰن
پروف ریڈنگ / تدوین	:	اعجاز عبید
صنف	:	ادب اطفال
ناشر	:	تعمیر پبلی کیشنز (حیدرآباد، انڈیا)
سالِ اشاعت	:	۲۰۲۳ء
صفحات	:	۵۴
سرورق ڈیزائن	:	تعمیر ویب ڈیزائن

فہرست

تعارف

بچے کی پہلی کتاب ہرچند کہ اس کی درسی کتاب ہوتی ہے لیکن بچہ درسی کتاب میں کم دلچسپی لیتا ہے کیونکہ درسی کتب ترتیب دیتے وقت بچوں کی زبان، ان کی عمروں اور دلچسپیوں کا لحاظ نہیں رکھا جاتا۔ یہی سبب ہے کہ بچوں کے ادب میں رسائل اہم مقام رکھتے ہیں۔ ادب اطفال کا تین چوتھائی ذخیرہ ان رسائل میں محفوظ ہے۔ ایک رسالے میں بچوں کو بہت سی کہانیاں، نظمیں، معلوماتی مضامین، چٹکلے اور پہیلیاں وغیرہ سب ہی کچھ یکجا طور پر کم قیمت میں مل جاتے ہیں۔

عصر حاضر میں ادب اطفال کے فروغ کی خاطر ایک طریقہ یہ بھی اپنایا جا سکتا ہے کہ بچوں کے قدیم و جدید رسائل سے ماخوذ ادب اطفال کا انفرادی انتخاب وقتاً فوقتاً مختصر کتابوں کی شکل میں شائع کیا جائے۔

یہ کتاب بھی اسی سلسلے کی ایک کڑی ہے۔

(۱) منشی جی

ساجد احمد خان

کسی ریاست میں ایک منشی جی رہتے تھے۔ انہوں نے اردو اور فارسی کی اعلی تعلیم حاصل کر رکھی تھی اور مشکل سے مشکل کتابوں کو بڑی آسانی سے سمجھا دیتے تھے، مگر شروع ہی سے انہوں نے خوشخطی کی طرف ذرا بھی دھیان نہیں دیا تھا۔ اسی لیے ان کی تحریر ٹیڑھی اور ترچھی ہوتی تھی۔ کبھی کبھی تو اپنا لکھا ہوا خود بھی نہیں پڑھ پاتے تھے۔ ویسے بھی انہیں لکھنے کی ضرورت بہت

ہی کم ہوتی تھی۔ وہ ریاست کے ایک دور دراز مقام پر رہتے تھے۔ ان کی تھوڑی سی زمین تھی جس پر کاشت کاری کرواتے تھے۔ اس کام کے لیے انہوں نے ملازم رکھے ہوئے تھے۔

ایک دفعہ انہوں نے سنا کہ ریاست کے نواب صاحب کو اپنے جدّ امجد کی لکھی ہوئی ایک کتاب ملی ہے جو فارسی زبان میں ہے۔ کوئی بھی شخص اسے پوری طرح نہیں پڑھ سکا۔ اس کے الفاظ بڑے ہی مشکل تھے جن کے معنی کسی کو معلوم نہیں۔ نواب صاحب نے منادی کرائی ہے کہ جو شخص اس کتاب کو پڑھ کر اس کا مطلب بتائے گا اسے پانچ سو روپے انعام دیا جائے گا۔

منشی جی نے سوچا مجھے بھی قسمت آزمانی چاہیے۔ چنانچہ وہ نواب صاحب کی حویلی پہنچے اور اطلاع کروائی کہ بڑی دور سے ایک منشی آپ کی کتاب پڑھنے آیا ہے۔ نواب نے

فوراً بلوایا۔ منشی جی کو دیہاتی کپڑوں میں دیکھ کر لوگ کہنے لگے، "یہ آدمی تو اپنی شکل اور لباس سے جاہل، گنوار معلوم ہوتا ہے۔ یہ کتاب کیسے پڑھے گا!"

نواب صاحب نے کہا، "کبھی کبھی گڈریوں میں بھی لعل چھپے ہوتے ہیں۔ ہو سکتا ہے یہ کتاب پڑھ لے۔"

انہوں نے کتاب منگوا کر منشی جی کو دے دی۔ منشی جی نے پہلا صفحہ پڑھ کر کہا، "بہت ہی پرانی کتاب ہے۔ اگر آپ کسی کو بلوا دیں تو میں کتاب کا ترجمہ پڑھتا جاؤں گا وہ لکھتا جائے گا۔"

نواب صاحب نے بلوا دیا۔ منشی جی نے اس چھوٹی سی کتاب کا ترجمہ تین چار گھنٹے میں کر دیا۔ نواب صاحب نے خود پڑھا اور پڑھوا کر سنا بھی۔ اب تو نواب صاحب بہت خوش ہوئے اور منشی جی کو انعام دے کر رخصت کیا۔

بہت دن گزر گئے۔ ایک دفعہ نواب صاحب شکار سے واپس آ رہے تھے۔ ان کا گھوڑا بہت تیز دوڑ رہا تھا۔ ان کے سب ساتھی پیچھے رہ گئے۔ راستے میں نواب صاحب کی نظر منشی جی پر پڑی۔ انہوں نے منشی جی سے پوچھا، "کہاں جا رہے ہو؟"

منشی جی نے کہا، "میری لڑکی کی شادی ہے۔ روپے کی کمی ہے۔ حضور کے پاس جا رہا تھا کہ کچھ مسئلہ حل ہو جائے۔"

نواب نے جیب سے اپنی ڈائری نکالی اور ایک ورق پھاڑ کر اس کے نیچے دستخط کر دیے اور کہا، "اس پر ہماری طرف سے اپنے علاقے کے تحصیل دار کے نام حکم لکھ دو کہ پانچ سو روپے دے دیے جائیں۔"

منشی جی سیدھے تحصیل دار کے پاس گئے۔ تحصیل دار نے ورق دیکھ کر کہا، "میں تحریر بالکل نہیں پڑھ سکتا۔ پتا نہیں اس میں کیا لکھا ہے۔ روپے کیسے دے دوں!"

اب تو منشی جی بہت پریشان ہوئے کہ یہ میری بد خطی کا نتیجہ ہے۔ وجہ یہ تھی کہ نواب صاحب نے کاغذ پر صرف دستخط کیے تھے۔ ان کا حکم منشی جی نے خود ان کی ڈائری کے ورق پر لکھا تھا اور آپ کو معلوم ہی ہے کہ منشی جی کا خط بہت خراب تھا۔

(۲) گانے کی تھیلی

سید محمد علی بابر زیدی

دور دراز پہاڑوں میں ایک بوڑھا رہتا تھا۔ اس کے گلے پر ایک بڑی سی رسولی تھی جو ہلتی رہتی تھی۔ لوگ اس کا مذاق اڑاتے تھے۔ یہ رسولی اس بوڑھے کے لیے ایک عذاب بن گئی تھی۔ وہ ہر قیمت پر اس سے نجات حاصل کرنا چاہتا تھا۔ ایک دفعہ بوڑھا جنگل میں لکڑیاں جمع کرنے کے لیے کافی دور تک چلا گیا۔ اس نے لکڑیاں جمع کیں، پھر ان کا گٹھر بنایا اور پیٹھ پر لاد کر واپس چل پڑا۔ سورج غروب ہونے والا تھا۔ وہ اندھیرا ہونے سے پہلے گھر پہنچ جانا چاہتا تھا۔ راستے میں اندھیرا بہت تھا اور کمر پر وزن بھی زیادہ تھا۔ وہ تھک کر چور ہو گیا۔ جب آگے بڑھنے کی ہمت نہ رہی تو اس نے بوجھ اتار کر ایک طرف رکھ دیا اور سستانے لگا۔

اس نے دل میں سوچا کہ اس بڑھتے ہوئے اندھیرے میں گھر تک پہنچنا بہت مشکل ہے، پھر رات کہاں بسر کی جائے؟

ٹھیک اسی وقت اس کی نظر ایک ٹوٹی پھوٹی جھونپڑی پر جا پڑی۔ اس نے سوچا کیوں نہ اسی میں رات گزاری جائے۔ یہ سوچ کر وہ تیز تیز قدموں سے جھونپڑی کی طرف چل پڑا۔ وہاں پہنچ کر اس نے آواز دی، "کوئی ہے؟"

لیکن جواب نہ ملا۔ وہ کچھ دیر سوچتا رہا اور پھر جھونپڑی میں داخل ہو گیا۔ وہاں کوئی نہ تھا۔ وہ زمین پر لیٹ گیا۔ اجاڑ جھونپڑی میں اسے بہت ڈر لگ رہا تھا۔ وہ ساری رات جاگتا رہا۔ زیادہ ڈر لگتا تو وہ کوئی گانا گانے لگتا تاکہ خیال بٹ جائے اور ڈر نہ لگے۔

لیکن جواب نہ ملا۔ وہ کچھ دیر سوچتا رہا اور پھر جھونپڑی میں داخل ہو گیا۔ وہاں کوئی نہ تھا۔ وہ زمین پر لیٹ گیا۔ اجاڑ جھونپڑی میں اسے بہت ڈر لگ رہا تھا۔ وہ ساری رات جاگتا رہا۔ زیادہ ڈر لگتا تو وہ کوئی گانا گانے لگتا تاکہ خیال بٹ جائے اور ڈر نہ لگے۔

گانے کی آواز جنگل کی خاموشی اور تاریکی میں دور دور تک گونج رہی تھی۔ اچانک کہیں سے واہ واکی آواز سنائی دی۔ اس خیال سے کہ آدھی رات کو کون آسکتا ہے، اسے بڑی حیرت ہوئی۔ اس نے گانا بند کر دیا اور اٹھ کر بیٹھ گیا۔

اتنے میں دروازہ کھلا اور ایک بھوت جس کے سر پر ایک سینگ تھا اندر آگیا۔ اس کے پیچھے پیچھے دوسرے بھوت بھی قہقہے لگاتے، ناچتے گاتے اندر آگئے۔ انہیں دیکھ کر اس کی سٹّی گم ہو گئی۔ پھر بھی اس نے اپنے ڈر کو بھوتوں پر ظاہر نہ ہونے دیا اور دوبارہ بڑے اطمینان سے گانے لگا۔ بھوت غور سے اس کا گانا سنتے رہے۔ پھر سب کے سب ناچنے لگے۔

بھوتوں کے سردار نے بوڑھے سے کہا، "اتنا اچھا گانا ہم نے کبھی نہیں سنا۔ بتاؤ تمہاری آواز میں یہ رس کہاں سے اور کیسے آیا؟"

"آتا کہاں ہے۔ یہ تو بس میرے گلے کی اس تھیلی کی کرامت ہے۔" بوڑھے نے جواب دیا۔

پہلے تو سارے بھوت گھور گھور کر بوڑھے کی رسولی کو دیکھتے رہے، پھر بولے، "تمہارا گانا ہمیں پسند آیا۔ ہم چاہتے ہیں کہ تم اپنی گانے والی اس تھیلی کو ہمارے ہاتھوں بیچ دو۔ ہم منہ مانگے دام دینے کو تیار ہیں۔"

بوڑھے نے جواب دیا، "میں بیچ تو دوں، مگر پہلے یہ بتاؤ کہ تم اسے نکالو گے کیسے؟"

یہ سن کر سارے بھوت کھلکھلا کر ہنس پڑے۔ پھر ان کے سردار نے کہا، "گھبرانے

کی کوئی بات نہیں۔ ہم اسے اس طرح نکالیں گے کہ تکلیف ہونا تو الگ رہا تمہیں پتا بھی نہیں چلے گا۔"

بوڑھے نے جواب دیا، "تو پھر ٹھیک ہے۔ تم اسے لے سکتے ہو۔"

بات دراصل یہ تھی کہ بوڑھا اپنی رسولی سے نجات پانا چاہتا تھا۔ اس کا مقصد بھوتوں کو ٹھگنا یا دھوکہ دینا ہرگز نہ تھا۔ لیکن بھوتوں نے خود ہی بوری بھر کر سونا اور قیمتی پتھر لا کر بوڑھے کے سامنے ڈھیر کر دیے۔ وہ اس خزانے کو تعجب سے دیکھ ہی رہا تھا کہ رسولی بھوتوں کے سردار کے ہاتھ میں تھی۔ اس کو پتا ہی نہ چل سکا کہ رسولی کب اور کس طرح اس کے گلے سے الگ کر لی گئی۔

سورج نکلتے ہی سارے بھوت وہاں سے رفو چکّر ہو گئے۔ بوڑھے کی خوشی کی اب کوئی انتہا نہ تھی۔ اس نے اس سارے خزانے کو سمیٹا اور گھر کی طرف چل پڑا۔

(۳) "ب" سے بچ کر رہنا

سید خرم ریاض

یہ نجومی لوگ بھی بڑے عجیب ہوتے ہیں۔ بعض اوقات ایسی بات کہہ جاتے ہیں کہ اس سے دوسروں کی زندگی خراب ہو جاتی ہے۔

ہمارے گھر کے کچھ دور ایک نجومی صاحب نے ڈیرا جما رکھا تھا۔ ایک روز میں نے سوچا کہ ان سے اپنے مستقبل کے بارے میں پوچھنا چاہیے۔ چنانچہ میں ان کے پاس گیا۔ انہوں نے میرا ہاتھ دیکھا اور فرمانے لگے، "زندگی میں ہمیشہ "ب" سے بچ کر رہنا۔ مطلب

یہ کہ اگر تمہیں زندگی پیاری ہے تو "ب" سے شروع ہونے والی چیزوں سے بچنا۔"

یہ سن کر میرا سر چکرانے لگا اور پہلی دفعہ دن میں تارے نظر آنے کا مطلب سمجھ آیا۔

میں وہاں سے کسی نہ کسی طرح اٹھا اور گھر آ کر "بستر" کے بجائے فرش پر لیٹ گیا۔ امّی نے دیکھا تو کہا، "بیٹا! کیا ہوا؟"

"کچھ نہیں امّی! وہ ذرا سر چکرا رہا ہے اور ہاں برائے مہربانی مجھے بیٹا نہ کہیے گا۔"

"لیکن کیوں؟ کیا تم میرے بیٹے نہیں ہو؟" امّی نے حیرت سے کہا۔

"ہوں تو، لیکن مجھے لڑکا کہیے۔" میں نے ہاتھ جوڑتے ہوئے کہا۔ ابھی میری اور امّی کی یہ گفتگو ہو رہی تھی کہ باجی کالج سے آ گئیں۔ ان کا موڈ خراب تھا۔ مجھے دیکھتے ہی برس

پڑیں، "ارے! یہ تم فرش پر کیوں لیٹے ہو؟"

"بس آپا! ذرا گرمی لگ رہی تھی۔" میں نے بہانہ بنایا۔

"ایں! اسے کیا ہو گیا؟ یہ مجھے باجی سے آپا کہہ رہا ہے؟" انہوں نے غصے سے کہا۔

بہر حال، میں اٹھ کر کھڑا ہو گیا، کیوں کہ "بیٹھنا" تو میرے نصیب میں نہ تھا۔ پھر امّی سے پوچھا، "امّی! آج کیا پکایا ہے؟"

انہوں نے کہا، "بھنڈی اور بکرے کا گوشت۔"

یہ سن کر مجھے رونا آ گیا۔ "ب" والی چیز کھانا تو دور کی بات، میں انہیں دیکھ بھی نہیں سکتا تھا۔ خیر جناب! میں ہوٹل میں آ گیا اور دو سموسوں کا آرڈر دیا۔ بیر اسموسے رکھ کر چلا گیا۔ میرے ساتھ میز پر بیٹھا ایک شخص "برفی" کھا رہا تھا۔ اسے دیکھ کر میرا دماغ خراب ہو گیا اور میں وہاں سے اٹھ کر چلا آیا۔

مہینے کی "بارہ" "بیس" اور "بائیس" تاریخیں میرے لیے منحوس تھیں۔ دن میں جب بھی "بارہ" بجتے دل میں ایک ہول سا اٹھنے لگتا۔ "بادام" کی آئس کریم تو میری جان کی دشمن ہو گئی۔ ہفتے میں "بدھ" کے دن محتاط رہنا پڑتا کہ کوئی ناخوشگوار واقعہ پیش نہ آ جائے۔ کتابوں کو اب "بستے" کے بجائے ہاتھوں میں لے جانے لگا۔ اب تو "بس" میں جاتے ہوئے ڈر لگتا تھا۔ روز پیدل ہی اسکول جاتا تھا۔

سر کے "بال" جو مجھے بے حد عزیز تھے ناچار منڈوانے پڑے۔ کچھ دن پہلے ابّو نے ایک "بیکری" خریدی تھی۔ شام کے وقت وہاں بیٹھتا تھا، لیکن اب میں نے ابّو سے صاف کہہ دیا کہ مجھے معاف کر دیں، میں بیکری پر نہیں بیٹھ سکتا۔

"بقر عید" کے دنوں میں ہر طرف "بکروں" کو دیکھ کر مجھے سانس اوپر نیچے ہوتا محسوس ہوا۔ "بلال" اور "باسط" جیسے دوستوں سے دوستی چھوڑنی پڑی۔ کوئی "باتونی"

شخص آ جاتا تو گھبراہٹ سی ہونے لگتی اور دل کی دھڑکن تیز ہو جاتی۔ "برسات" جیسے موسم سے الجھن ہونے لگتی۔ "بارش" سے اب جان کے لالے پڑ گئے۔ "بلّی" بھی جان کی دشمن ہو گئی۔

انہی دنوں میرے دوست "بابر" کی شادی تھی۔ لازمی بات ہے "برات" بھی جانی تھی اور وہ بھی "بہاول پور"۔ ابّو نے کہا، "بیٹا! تم بہت دنوں سے کہیں نہیں گئے۔ "بابر" تمہارا دوست بھی ہے۔ چلے جاؤ۔"

اب میں ابّو کو کیا بتاتا کہ وہاں تو اتنی سارے "ب" جمع ہیں۔ بھلا آپ ہی بتایئے کہ اتنی بہت سی "ب" کے درمیان میں میں زندہ رہ سکتا تھا۔

"بدھ" کے روز امّی نے "بکرے" کی "بریانی" پکائی۔ "بریانی" دیکھ کر منہ میں پانی بھر آیا، کیوں کہ بریانی مجھے بہت پسند ہے۔ اب تو مجھ سے رہا نہیں گیا۔ نجومی کو جا کر گردن سے پکڑ لیا کہ یہ تم نے کیسی مصیبت میں پھنسا دیا ہے۔ اس نے کہا، "ارے بھئی! غلطی ہو گئی۔ تمہارے ستارے کہتے ہیں "ن" سے پرہیز کرنا ہے۔

اب آپ بتایئے میں کیا کروں۔۔۔

(۴) مچھلی سب کو ملی

میم ندیم

مچھیرے نے اللہ کا نام لے کر ندی میں جال ڈالا۔ دن بھر کے انتظار کے بعد دو بڑی سی مچھلیاں ہاتھ لگیں۔ وہ اپنا جال سمیٹ رہا تھا کہ ایک چیل تیزی سے جھپٹی اور اپنے پنجوں میں ایک مچھلی دبا کر اڑ گئی۔ مچھیرے کو بہت افسوس ہوا، مگر پھر وہ کچھ سوچ کر مسکرایا۔ اس کا بیٹا چیل اور اپنی قسمت کو کوسنے لگا۔ مچھیرے نے کہا، "بیٹا اللہ کا شکر ادا کرو کہ ایک مچھلی بچ گئی۔ دوسری
مچھلی ہماری قسمت میں نہیں تھی۔ جو چیز جتنی قسمت میں ہوتی ہے اتنی ہی ملتی ہے۔ قسمت کو کوسنا ناشکروں کا کام ہے۔"

وہ چیل اڑتی ہوئی ایک پہاڑی کی طرف جا پہنچی۔ ایک دوسری چیل نے اس سے مچھلی چھیننے کے لیے اس پر حملہ کر دیا۔ دونوں چیلوں میں چھینا جھپٹی ہونے لگی اور مچھلی چیل کے پنجوں سے پھسل کر پہاڑی پر رہنے والے ایک درویش کی جھونپڑی کے سامنے گر پڑی۔ درویش نے مچھلی کو اٹھایا اور آسمان کی طرف دیکھ کر کہا، "اے اللہ! آپ نے میری دعا قبول کر لی۔ میں نے مچھلی ہی تو مانگی تھی۔ مگر آپ کو تو معلوم ہے کہ میرے پاس مچھلی پکانے کے لیے نہ تو تیل ہے اور نہ مصالحہ۔ مجھے تو پکی پکائی مچھلی چاہیے۔ میں یہ مچھلی نہیں کھا سکتا۔ اسے واپس منگوا لیجیے اور مجھے پکی ہوئی مچھلی بھجوائیے۔"

یہ کہہ کر درویش جھونپڑی میں چلا گیا اور تھوڑی دیر کے بعد جب وہ دوبارہ باہر آیا تو

مچھلی وہاں نہیں تھی۔ اسے ایک چیل نے اٹھالیا اور وہ دوسری چیلوں سے بچتی ہوئی، جو اس سے مچھلی چھیننے کے لیے اس کا پیچھا کر رہی تھیں، پہاڑی کے نیچے کی طرف اڑ رہی تھی لیکن دو چیلوں نے اس پر حملہ کر دیا اور اس سے مچھلی چھیننے کی کوشش کی۔ اس لڑائی میں چیل کے پنجوں سے وہ مچھلی نکل کر ایک غریب کسان کے آنگن میں جا گری۔ کسان کی بیوی نے دوڑ کر وہ مچھلی اٹھالی اور کسان سے بولی، "میں تم سے کتنے دنوں سے کہہ رہی تھی کہ میرا دل مچھلی کھانے کو چاہ رہا ہے۔ تم نے تو لا کر نہ دی، اللہ میاں نے آج مجھے بھیج دی۔ میں نے منّت مانی تھی کہ جب بھی مچھلی پکاؤں گی پہاڑی والے بابا کو بھیجوں گی۔ اب میں مصالحہ پیس کر مچھلی پکائے دیتی ہوں۔ تم بابا کو جا کر دے آؤ اور کہنا کہ بابا دعا کریں کہ ہمارا ہونے والا بچہ زندہ اور سلامت رہے۔"

کسان کی بیوی نے مچھلی پکائی کہ اتنے میں کسان کا دوست مچھیرا وہاں آ گیا۔ کسان نے اپنے دوست سے کہا، "تم اچھے وقت پر آ گئے۔ آج مچھلی پکی ہے۔ کھانا کھا کر جانا۔"

مچھیرے نے تعجب سے پوچھا، "مگر تم کو مچھلی کہاں سے مل گئی؟ وہ تو میں ہی تم کو لا کر دیتا ہوں۔"

"بس یوں سمجھ لو اللہ میاں نے آسمان سے ٹپکا دی ہمارے آنگن میں۔" کسان نے سارا ماجرا سنایا کہ کس طرح چیل وہ مچھلی وہاں گرا گئی۔ مچھیرا یہ سن کر مسکرایا مگر کچھ بولا نہیں۔

جب کسان پہاڑی بابا کو مچھلی دینے گیا تو مچھیرا بھی اس کے ساتھ گیا۔ کسان نے پکی ہوئی مچھلی کا پیالہ پیش کیا اور دعا کی درخواست کی۔

درویش نے ان دونوں کو دیکھا اور پوچھا، "مچھلی کہاں سے آئی؟"

کسان نے کہا، "آسمان سے گری، بیوی نے منّت مانی تھی کہ اگر اسے مچھلی ملی تو وہ

پہاڑی والے بابا کو پہلے کھلائے گی اور دعا کرائے گی کہ اس کا ہونے والا بچہ زندہ اور سلامت رہے۔"

اب درویش مچھیرے سے بولا، "تم کون ہو؟"

مچھیرے نے کہا، "میں مچھیرا ہوں۔ آج صبح دو مچھلیاں پکڑی تھیں۔ ایک میرے کنبے کی قسمت کی تھی اور دوسری چیل اٹھا کر لے گئی۔"

درویش سارا ماجرا سن کر بولا، "ہم سب نے مچھلی کھانے کی خواہش کی۔ اللہ نے ایک ہی وقت میں ہم سب کی خواہش جس انداز میں پوری کی، یہ اس کی ذات کا ادنیٰ سا کرشمہ ہے۔ ہمیں اس کا شکر ادا کرنا چاہیے۔"

(۵) ڈنڈے والا قرض دار

شان الحق حقّی

ایک دفعہ کا ذکر ہے کہ ایک آدمی نے دوسرے آدمی سے کچھ روپیہ قرض لیا۔ مگر ٹھہریے پہلے کچھ قرض پر بات ہو جائے۔ یہ تو آپ جانتے ہیں کہ قرض مانگنا بری بات ہے۔ ہمارے سر قدرت کی طرف سے اتنے قرضے ہیں کہ ہم اور زیادہ قرضوں کا بار نہیں اٹھا سکتے۔ ان میں پہلا قرضہ تو ماں باپ کا قرضہ ہے، اگر وہ ہماری پرورش نہ کریں تو ہم بڑے کیسے ہوں اور پھر زندہ کیسے رہیں۔ پھر کچھ قرضے اپنے ملک اور قوم کی طرف سے بھی ہمارے ذمّے آتے ہیں۔ کیا آدمی دنیا میں اکیلا رہ سکتا ہے؟ لاکھوں آدمی لاکھ طرح کے کام کرتے ہیں تب ہماری ضرورتیں پوری ہوتی ہیں۔ کسان، کاریگر، دکان دار، معمار، مزدور، دوست احباب، ہمسائے، عزیز و رشتے دار، حکیم، ڈاکٹر غرض ساری آبادی بلکہ پوری دنیا مل کر زندگی کو ہمارے لیے ممکن اور خوش گوار بناتی ہے۔ شرافت، خودداری اور بھلے مانسی کا تقاضا یہ ہے کہ ہم خود بھی اپنے آپ کو دنیا کے لیے مفید بنائیں۔

ذکر قرضے کا تھا۔ اتنے قرضوں کا بوجھ سر پر ہوتے ہوئے بھی کچھ لوگ قرض لینے سے باز نہیں آتے۔ لیتے ہیں تو واپس کرتے ہوئے دل دکھتا ہے۔ طرح طرح کے حیلے حوالے کرتے ہیں۔ قرض دینے والا عاجز ہو جاتا ہے۔ اسی لیے کہا گیا ہے کہ قرض محبت کی قینچی ہے۔ دوستی کی جگہ عداوت کا سبب بن جاتا ہے۔

آج ہم آپ کو ایک ایسی ہی ذات شریف کی کہانی سناتے ہیں۔ جنھوں نے ایک

شخص سے قرض لیا اور ادانہ کیا۔ آخر اس نے ان کے خلاف عدالت میں نالش کر دی۔ قاضی نے دونوں کو بلایا۔ اس شخص نے بڑی ڈھٹائی سے کہا، "مجھے ان کا کچھ دینا نہیں ہے۔"

کوئی رسید پرچہ تو تھا نہیں۔ قاضی نے دونوں کو حلف اٹھانے کو کہا۔ روپیہ دینے والے نے حلف اٹھا کر کہا، "اس شخص پر میرے اتنے روپے قرض ہیں جو اس نے ادا نہیں کیے۔"

اب قرض دار کی باری آئی۔ یہ صاحب ایک موٹا سا عصا یا ڈنڈا اپنے پاس رکھتے تھے اور بڑے بزرگ نظر آتے تھے۔ انہوں نے بھی حلف اٹھا کر کہہ دیا، "میں ان کا روپیہ ادا کر چکا ہوں اور خود ان کے ہاتھ میں دیا ہے۔"

قاضی صاحب بڑے حیران ہوئے۔ کس کا اعتبار کریں کس کا نہ کریں۔ انصاف کرنے کے لیے ذہانت اور قیافہ شناسی کی بھی ضرورت ہوتی ہے، یعنی لوگوں کے چہرے سے ان کے دل کا حال معلوم کرنا۔ قاضی صاحب تھوڑی دیر سوچ میں رہے۔ پھر انہوں نے قرض دار سے اس کا عصا مانگا۔ دیکھا تو اس کی موٹھ یعنی ہتھے میں ایک پیچ بنا ہوا تھا۔ اسے گھما کر دیکھا تو اس میں سے روپے نکل آئے۔

آپ سمجھ گئے کہ اس آدمی نے کیا چالاکی کی تھی؟ قسم کھاتے وقت اپنا عصا دوسرے آدمی کے ہاتھ میں پکڑا دیا تھا کہ ذرا اسے تھامنا میں حلف اٹھا لوں۔ اس طرح کہنے کو رقم اس کے ہاتھ میں پہنچ گئی مگر ان کی چالاکی کام نہ آئی۔ قاضی نے ان پر بھاری جرمانہ اور ٹھونک دیا۔

(۲) پھر چاند نکلا

عمران حسنات

مسز چُن ایک موٹی عورت تھی جو اکیلی ایک الگ تھلگ مکان میں رہتی تھی۔ اس کا اپنے بارے میں یہ خیال تھا کہ وہ ایک اچھی عورت ہے۔ وہ اکثر اپنی سہیلیوں کو بتاتی کہ میں بہت مہربان ہوں، لیکن خود کہنے سے تو کبھی کوئی مہربان نہیں ہو جاتا۔ ایک دن ایک آدمی نے مسز چُن کے گھر کے دروازے پہ دستک دی۔ وہ بہت غریب تھا۔ اس کے کپڑے پھٹے ہوئے تھے، بال بکھرے ہوئے تھے۔ وہ بہت پریشان حال تھا۔ آدمی نے مسز چُن سے کھانے کے لیے کچھ مانگا۔ مسز چُن غصّے سے تلملاتی ہی باہر نکلی اور یہ کہتے ہوئے اس غریب آدمی پر برس پڑی، "جاؤ دفع ہو جاؤ۔ میرے پاس تمہیں کھلانے کو کچھ نہیں۔ اگر اتنے ہی بھوکے ہو تو خود محنت کرو اور کھاؤ۔"

یہ کہہ کر اس نے زور سے دروازہ بند کر دیا اور وہ غریب آدمی بند دروازے کو حسرت سے دیکھتا رہا۔ دروازہ بند کرنے کے بعد مسز چُن نے اندر جا کر اپنے لیے چائے کا ایک گرم کپ تیار کیا اور مزے لے لے کر پیتی رہی۔ غریب آدمی سڑک کے کنارے چلتا ہوا ایک دوسرے مکان پر پہنچا جہاں مسز ٹنگ رہتی تھی۔ جو نہی مسز ٹنگ کی نظر اس غریب آدمی پر پڑی وہ اس کی حالت دیکھ کر پریشان ہو گئی۔ مسز ٹنگ نے اسے اپنے پاس بلایا اور کہا، "تم تھکے ہوئے دکھائی دیتے ہو اور تمہیں سردی بھی لگ رہی ہے۔ آؤ! اندر آ جاؤ اور یہاں بیٹھ جاؤ۔ اگرچہ میرے پاس کوئی چائے وغیرہ نہیں ہے، لیکن تم پریشان نہ

ہو۔ میرے پاس ایک روٹی اور تین خوبصورت سیب ہیں۔ ایک سیب میں کھالیتی ہوں اور دو تم کھالو۔"

وہ آدمی اس عورت کے گھر کے اندر گیا اور بیٹھ گیا۔ تھوڑی دیر تک ان دونوں نے باتیں کیں۔ پھر مسز ٹنگ اور اس آدمی نے مل کر روٹی اور سیب کھائے۔ تب وہ آدمی کھڑا ہو گیا اور مسز ٹنگ کا شکریہ ادا کرتے ہوئے کہنے لگا، "آپ نے مجھ پر بڑا احسان کیا ہے۔ لہٰذا سورج غروب ہوتے وقت آپ جو کام شروع کریں گی وہ چاند کے نکلنے تک جاری رہے گا۔"

پھر اس آدمی نے دوبارہ خاتون کا شکریہ ادا کیا اور اللہ حافظ کہتا ہوا وہاں سے چلا گیا۔ مسز ٹنگ سوچنے لگی کہ اس آدمی نے کیا عجیب و غریب بات کہی ہے کو جو کام تم سورج غروب ہونے کے وقت شروع کرو گی وہ چاند کے نکلنے تک جاری رہے گا۔ وہ سوچ میں پڑ گئی کہ اس بات سے اس کی کیا مراد ہے؟

پھر مسز ٹنگ کو میز پر ایک سیب رکھا ہوا دکھائی دیا۔ وہ خود سے کہنے لگی، "بے چارے نے صرف ایک سیب کھایا ہے۔ جب کہ میری خواہش تھی کہ وہ دونوں کھائے۔ کیوں نہ میں اس بچے ہوئے سیب کو ٹوکری میں رکھ دوں۔"

اس نے وہ سیب اٹھایا اور بڑی ٹوکری میں ڈال دیا۔ پھر اس نے مڑ کر دیکھا تو ایک اور خوبصورت سا سیب میز پر رکھا ہوا دکھائی دیا۔

"یہ تو بڑی عجیب بات ہے! میں نے ٹوکری میں سیب ڈال دیا تھا، مگر یہ پھر کہاں سے آ گیا۔"

اس نے وہ سیب اٹھا کر پھر ٹوکری میں ڈال دیا اور مطمئن ہو گئی، مگر اس کی حیرت کی انتہا نہ رہی جب اسے میز پر ایک اور سیب رکھا نظر آیا۔ جب وہ سیب ٹوکری میں ڈالتی تو

اسے میز پر ایک اور مل جاتا۔ اب مسز ٹنگ سمجھ گئی کہ اس آدمی کی بات کا مطلب کیا تھا۔ وہ ٹوکری میں سیب ڈالتی رہی، یہاں تک کہ چاند نکل آیا اور پھر میز پر کوئی سیب نظر نہ آیا۔

اب اس کی ٹوکری سیبوں سے بھر چکی تھی۔ دوسرے دن اس نے وہ سیبوں سے بھری ٹوکری بازار میں جا کر بیچ دی۔ اس طرح اس کے پاس بہت سی رقم آگئی۔

مسز ٹنگ کی ساحلی مسز چُن جس نے اس غریب کو دھکّے دے کر نکال دیا تھا اس نے جب مسز ٹنگ کی سیبوں بھری ٹوکری دیکھی تو حیرت سے اس کی آنکھیں کھل گئیں۔ اس نے مسز ٹنگ سے پوچھا، "یہ تمام سیب تم نے کہاں سے لیے ہیں؟ تمہارے گھر میں تو سیب کا کوئی درخت بھی نہیں ہے!"

مسز ٹنگ نے اسے پورا واقعہ سنایا کہ کس طرح اس نے اس غریب آدمی کو کھانے کے لیے روٹی اور سیب دیے تھے اور کس طرح اس نے شکریہ ادا کیا۔ مسز چُن نے مسز ٹنگ سے تو کچھ نہ کہا، لیکن اپنے دل میں فیصلہ کر لیا کہ اب کی بار وہ بوڑھا آئے گا تو اس کو خوب کھلاؤں گی، خوب پلاؤں گی۔

اگلے دن وہ بوڑھا دوبارہ آیا۔ مسز چُن اس کو دیکھ کر خوشی سے پھولی نہ سمائی۔ اس نے بوڑھے آدمی سے درخواست کی، "مہربانی کر کے میرے گھر کے اندر آئیں۔ میں آپ کی خاطر مدارات کروں گی۔"

بوڑھا گھر کے اندر آگیا۔ مسز چُن نے اسے پینے کے لیے چائے اور کھانے کے لیے بہت سے کیک دیے۔ بوڑھے آدمی نے بہت سے کیک کھائے اور بہت سی چائے پی۔ تب وہ کھڑا ہو گیا اور مسز چُن کا شکریہ ادا کیا۔ مسز چُن غور سے وہ باتیں سننے کے انتظار میں تھی جن کے بعد اسے اپنی من پسند چیز ڈھیروں مل سکتی تھی۔

پھر بوڑھا آدمی بولا، "سورج ڈوبنے کے وقت جو کام تم شروع کروگی وہ چاند نکلنے تک کرتی رہوگی۔"

یہ کہنے کے بعد بوڑھے نے اللہ حافظ کہا اور چلا گیا۔ چونکہ مسز چُن کے ذہن میں تھا کہ سورج غروب ہونے کا وقت اسے کیا کرنا ہے۔ اس لیے اس نے ایک شلنگ کا سکّہ میز پر رکھا اور کہا، "جب سورج غروب ہونا شروع ہوگا تو میں شلنگ اٹھا کر بیگ میں رکھوں گی اور پھر چاند کے نکلنے تک سکّے اٹھاتی اور بیگ میں ڈالتی رہوں گی جب کہ آج رات چاند دیر سے نکلے گا۔ اس طرح صبح سے پہلے میں بہت دولت مند ہو جاؤں گی۔"

آخر سورج غروب ہونے لگا اور وہ وقت آ پہنچا جس کا مسز چُن کو بے چینی سے انتظار تھا۔ سورج غروب ہونے کے قریب ہی تھا کہ مسز چُن بے دھیانی میں تیزی سے مڑی جس کے نتیجے میں وہ میز پر رکھے ہوئے چائے سے بھرے برتن سے ٹکرا گئی اور چائے فرش پر گر کر بہنے لگی۔ اس نے جلدی سے کپڑا لیا اور فرش صاف کرنے لگی۔ جب وہ یہ کر رہی تھی تو اس وقت سورج غروب ہو گیا۔

پھر کیا ہوا!

وہ بے چاری فرش صاف کرتی رہی کرتی رہی، یہاں تک کہ چاند نکل آیا اور اس رات چاند دیر سے نکلا تھا۔ چوں کہ اس نے لالچ کی خاطر بوڑھے کی مدد کی تھی، اس لیے اسے اپنے کیے کی سزا مل گئی۔

(۷) چچا تیز گام نے آم کھائے

محمد فہیم عالم

گاؤں سے شیر محمد کا خط کیا آیا، چچا تیز گام نے تو سارا گھر سر پر اٹھا لیا۔ جمن اور استاد کی تو گویا شامت آ گئی۔ جمن اس وقت کو کوس رہا تھا جب اس نے چچا تیز گام کو خط پکڑایا تھا۔ شام کا وقت تھا۔ چچا تیز گام جیسے ہی گھر میں داخل ہوئے، جمن تیر کی طرح ان کی طرف لپکا۔

"مالک خط۔۔۔"

"اے۔۔۔ہے۔ کیا، کیا۔۔۔" چچا تیز گام چلا اٹھے۔

دماغ تو نہیں چل گیا تمہارا، میں تمہیں خط نظر آتا ہوں۔"

"نن۔۔۔ نہیں۔۔۔ مم۔۔۔ مالک۔۔۔ آ۔۔۔ آپ خط نہیں مم۔۔۔ میرا مطلب ہے مالک خط۔" چچا تیز گام کے گھورنے پر جمن بوکھلا گیا۔

"پھر وہی۔۔۔ کیا تمہاری آنکھیں نہیں ہیں، دن دہاڑے میں تمہیں خط نظر آتا ہوں۔"

مالک! تو کیا آپ رات کو خط نظر آتے ہیں۔" استاد نے حیرت سے چچا تیز گام کی طرف دیکھا۔

"اف خدایا۔۔۔ کیسے پاگلوں سے پالا پڑا ہے۔" چچا تیز گام جھلاہٹ سے اپنے گال پیٹتے ہوئے بولے۔ "بیگم۔۔۔۔ بیگم۔۔۔ تم کہاں ہو؟" چچا تیز گام نے بیگم کو پکارا۔

"کیوں چلا رہے ہیں، کیا ہوا؟" بیگم باورچی خانے سے نکلتے ہوئے بولیں۔

"بیگم یہ پوچھو کیا نہیں ہوا، ان ناہنجاروں کو دیکھو، میں ان کو خط نظر آتا ہوں۔" چچا تیز گام غصے سے لال پیلے ہو رہے تھے۔

"آپ انہیں خط نظر آتے ہیں، کیا مطلب؟" بیگم حیرت سے بولیں۔

"مطلب تو تم ان ہی سے پوچھو!۔۔۔" چچا تیز گام بولے۔

"جمن بتاؤ! کیا بات ہے؟"

"بیگم صاحبہ! آج ڈاکیا مالک کے نام ایک خط دے کر گیا تھا۔ میں تو مالک کو وہ خط دے رہا تھا۔ مالک میری پوری بات سنے بغیر ہی مجھ پر بگڑنے لگے کہ میں انہیں خط کہہ رہا ہوں۔" جمن معصوم سی شکل بنائے بولا۔

"جمن! تم نے کیا کہا ہمارا خط آیا ہے۔ ارے تم نے پہلے کیوں نہیں بتایا۔"

"آپ سنتے تو بتاتا نا۔۔۔" جمن جل کر بولا۔

"بس۔۔۔بس۔۔۔اب زیادہ باتیں نہ بناؤ، لاؤ ہمارا خط۔"

چچا تیز گام نے تیزی سے جمن کے ہاتھ سے خط جھپٹ لیا اور لگے اُسے جلدی جلدی کھولنے۔

"مالک ذرا خط آرام سے کھولیے، کہیں خط پھٹ ہی نہ جائے۔" چچا تیز گام کو تیزی سے خط کھولتے دیکھ کر استاد بول پڑا۔

"اچھا تو اب تم مجھے خط کھولنا سکھاؤ گے؟" یہ کہتے ہوئے چچا تیز گام نے جلدی سے خط کھولا تو چر کی آواز آئی۔ چچا تیز گام نے چونک کر خط کی طرف دیکھا تو وہ پھٹ چکا تھا۔

"جاؤ جا کر سکاچ ٹیپ لے کر آؤ۔"

چچا تیز گام غصے سے بولے۔ جمن دوڑ کر سکاچ ٹیپ لے آیا۔

"تم خط کو پکڑ کر رکھو میں ٹیپ لگاتا ہوں۔" چچا تیز گام ٹیپ لیتے ہوئے بولے۔ پھر
جمن خط کو جوڑنے کے لیے دونوں ٹکڑوں کو ملانے لگا۔ چچا تیز گام سے بھلا کہاں صبر ہوتا
تھا۔ انہوں نے آؤ دیکھا نہ تاؤ جلدی سے ٹیپ کاٹ کر خط پر لگا دی۔

"اوہ۔۔۔ مالک یہ آپ نے کیا کر دیا۔۔۔" جمن کے منہ سے نکلا۔

"اندھے ہو کیا، دیکھتے نہیں ہم نے خط کو جوڑا ہے۔"

چچا تیز گام بولے۔

"دیکھ لیں، آپ نے کس طرح خط جوڑا ہے۔"

جمن جڑے ہوئے خط کو چچا تیز گام کی آنکھوں کے سامنے لہراتے ہوئے بولا۔

"تم سے آج تک کوئی کام سیدھا ہوا بھی ہے، اب دیکھو خط الٹا جڑوا دیا۔" چچا تیز گام
الٹا جمن پر برس پڑے۔

"لاؤ مجھے دو خط۔۔۔ میں جوڑتا ہوں۔۔۔" چچا تیز گام غصے سے جمن کی طرف دیکھتے
ہوئے بولے اور خط جمن کے ہاتھ سے لے لیا۔

"مالک خط پر لگی ہوئی ٹیپ ذرا احتیاط سے اتاریئے گا۔" جمن کے اس مشورے پر چچا
تیز گام نے کھا جانے والی نظروں سے اُس کی طرف دیکھا، لیکن منہ سے کچھ نہ بولے۔ اور
ٹیپ اتارنے لگے۔ جب ٹیپ اتر چکی تو انھوں نے اس مرتبہ پوری احتیاط کے ساتھ ٹیپ
لگائی اور یوں خدا خدا کر کے خط جڑا۔ پھر چچا تیز گام خط پڑھنے لگے۔ خط پڑھ کر وہ مارے
خوشی کے اچھل پڑے۔

"اوہ۔۔۔ مارا۔۔۔" چچا تیز گام نے پُر جوش انداز میں نعرہ لگایا۔

"کوئی مچھر بھی آج تک آپ نے نہیں مارا، آج کس کو مار دیا۔۔۔" چچا کا زور دار نعرہ
سن کر بیگم باورچی خانے سے باہر نکل آئیں۔

"بیگم تم بھی بس بات کا بتنگڑ بنا لیتی ہو۔ ہمیں کیا پڑی ہے جو کسی کو ماریں۔ اوہ مارا کا نعرہ تو ہم نے خوشی میں لگایا ہے۔ کیوں کہ گاؤں سے ہمارا جگری یار شیر محمد آر ہا ہے۔"

"شیر محمد؟ وہی نا! جسے ملنے آپ گاؤں گئے تو وہ آپ کے گاؤں جانے سے پہلے ہی کہیں چلا گیا تھا۔" بیگم طنزیہ لہجے میں بولیں۔

"ہاں۔۔۔ ہاں۔۔۔ وہی۔۔۔" چچا تیز گام زور سے سر ہلاتے ہوئے بولے۔

"بیگم وہ گاؤں چھوڑ کر نہیں گیا تھا بلکہ۔۔۔ بلکہ۔۔۔۔" چچا تیز گام اچانک کچھ کہتے کہتے رُک گئے۔

"کیا بلکہ۔۔۔؟" بیگم نے پوچھا۔

"بلکہ یہ کہ، بلکہ کچھ بھی نہیں۔" چچا تیز گام فوراً بولے۔

اب بھلا وہ کیسے بتاتے کہ گاؤں میں شیر محمد سے اس لیے ملاقات نہیں ہوئی تھی کہ وہ بغیر اطلاع کیے گاؤں پہنچ گئے تھے۔

"یہ کیا بات ہوئی؟" بیگم نے عجیب سی نظروں سے چچا تیز گام کی طرف دیکھا۔

"بیگم بات کو چھوڑو اور ہمارے جگری یار شیر محمد کا خط سنو!"

"آہا۔۔۔ کیا پیارا خط لکھا ہے۔" چچا تیز گام بات ٹالتے ہوئے بولے: "پیارے دوست تنویر احمد!

مجھے یہ جان کر بے حد دکھ ہوا کہ آپ گاؤں آئے اور میں آپ کو مل نہ سکا کیوں کہ میں کراچی ایک شادی میں گیا ہوا تھا۔ آپ بھی تو۔۔۔ ب۔۔۔ بغیر۔۔۔ ا۔۔۔ ط۔۔۔" چچا تیز گام نے پڑھتے ہوئے یک دم بریک لگا دی۔ کیوں کہ آگے شیر محمد نے چچا تیز گام سے گاؤں آنے کی اطلاع نہ دینے کی شکایت کی تھی۔ چچا تیز گام نے وہ سطر چھوڑی اور پینترا بدل کر اگلی سطر پڑھتے ہوئے بولے: "ہاں۔۔۔ تو آگے لکھا ہے۔"

"آگے کو تو آپ بعد میں بتایئے گا۔۔۔ پہلے یہ تو بتائیں کہ اس سے پیچھے کیا لکھا ہے۔ جو آپ نے چھوڑ دیا ہے۔" بیگم مشکوک نظروں سے چچا تیز گام کو دیکھتے ہوئے بولیں۔

"ہم کیوں چھوڑنے لگے۔۔۔" بیگم کے جملے پر چچا تیز گام گڑبڑا گئے۔

"اچھا تو آپ گاؤں شیر محمد کے پاس بغیر اطلاع دیئے چلے گئے تھے۔" بیگم انھیں گھورتے ہوئے بولیں۔

"بیگم۔۔۔ تم بھی کیا پرانی باتیں لے کر بیٹھ گئیں۔ آگے تو سنو! کیا پیاری بات لکھی ہے ہمارے جگری یار شیر محمد نے۔۔۔" چچا تیز گام نے بات بدلی اور آگے خط پڑھنے لگے:

"پیارے تنویر احمد! میرے باغوں کے آم پک چکے ہیں۔ میں ان شاء اللہ آپ کے لیے آموں کی پیٹیاں لے کر خود آپ کے پاس آؤں گا۔ آنے کی اطلاع میں آپ کو فون کے ذریعے دے دیتا لیکن اُس دن ریل گاڑی میں آپ جلدی میں اپنا ایڈریس دیتے ہوئے اپنا فون نمبر دینا بھول گئے تھے۔ میں ۹ تاریخ کو آؤں گا اور تمہارے لیے ڈھیر سارے آم لاؤں گا۔ تمہارا دوست شیر محمد۔"

چچا تیز گام نے خط ختم کر کے خوشی کا اظہار کیا:

"آہا۔۔۔ اب آئے گا مزہ۔۔۔"

"بڑے بڑے۔۔۔ پیلے، پیلے۔۔۔ رس بھرے آم۔۔۔ اور وہ بھی کئی پیٹیاں۔۔۔ واہ بھئی واہ۔۔۔" چچا تیز گام خیالوں ہی خیالوں میں رس بھرے آم کھا رہے تھے۔

"اچھا تو یہ بات ہے۔" یہ کہہ کر بیگم باورچی خانے کی طرف بڑھ گئیں۔

کچھ دیر بعد چچا نے جمن اور استاد کو طلب کر کے کہا: "دیکھو گاؤں سے ہمارا جگری یار شیر محمد آ رہا ہے۔ ہمارے دوست کے استقبال کی تیاریاں ابھی سے شروع کر دو۔ ہمارے دوست کے استقبال میں کوئی کمی نہیں رہنی چاہیے۔ ہمارا دوست پوری آن، بان، شان اور

آموں کی پیٹیوں کے ساتھ آرہا ہے۔ ہم خود شیر محمد کو لینے اپنی چاند گاڑی پر اسٹیشن جائیں گے، ارے۔۔۔ لیکن ہم آموں کی پیٹیاں اسٹیشن سے کیسے لائیں گے؟" چچا تیز گام بولے۔

"شیر محمد آموں کی ایک آدھ پیٹی ہی لائیں گے اسے آپ اپنی چاند گاڑی پر ہی رکھ کر لے آیئے گا۔" جمن بولا۔

"ہا۔۔۔ہا۔۔۔ ایک آدھ پیٹی۔۔۔ گاؤں میں شیر محمد کے بہت سے باغات ہیں۔ وہ بہت سی آموں کی پیٹیاں لے کر آئے گا۔" چچا تیز گام ہاتھ نچاتے ہوئے بولے۔

"آپ تو ایسے کہہ رہے ہیں جیسے آپ کے دوست شیر محمد اپنا پورا باغ ہی آپ کے لیے اٹھا لائیں گے۔" باورچی خانے سے بیگم کی آواز سنائی دی۔

"ہاں تو جمن میں کہہ رہا تھا کہ آموں کی بہت سی پیٹیاں ہم اسٹیشن سے کس طرح لائیں گے؟" چچا تیز گام بیگم کی بات سنی ان سنی کرتے ہوئے بولے۔

"مالک پھر ہم ایک وین کرائے پر لے لیتے ہیں۔۔۔" استاد نے مشورہ دیا۔

"وین۔۔۔ہاں۔۔۔ یہ ٹھیک ہے۔"

استاد! لگتا ہے تم ہماری صحبت میں رہتے ہوئے کافی عقل مند ہو گئے ہو۔ ہاں تو یہ طے ہو گیا کہ شیر محمد کو ہم اپنی چاند گاڑی پر لائیں گے اور آموں کی پیٹیاں جمن وین میں لائے گا اور وین میں آموں کی حفاظت کے فرائض جمن سرانجام دے گا۔" چچا تیز گام تیز تیز بولتے چلے گئے۔

"آپ مجھے آموں کا محافظ بنانا چاہتے ہیں یعنی مینگو گارڈ۔ واہ بھئی واہ۔۔۔ مزہ آ گیا۔۔۔ مینگو گارڈ۔" جمن کو یہ خطاب کچھ زیادہ ہی پسند آ گیا تھا۔

"لیکن! خبر دار جو تم نے آموں کی طرف آنکھ اٹھا کر بھی دیکھا تو۔" چچا تیز گام نے

جمن کو آنکھیں دکھائیں۔

"مگر مالک نظریں اٹھائے بغیر میں آموں کی حفاظت بھلا کس طرح کروں گا؟"

"ٹھیک ہے تم نظریں اٹھالینا، لیکن خبر دار میلی نظروں سے آموں کی طرف مت دیکھنا۔۔۔" چچا تیز گام بولے۔

اب گھر میں شیر محمد کی آمد کی تیاریاں شروع ہو گئیں۔ چچا تیز گام نے کئی بار شیر محمد کا خط پڑھا۔ اس میں آنے کی تاریخ ۹ لکھی ہوئی تھی۔ اب تو اٹھتے بیٹھتے، چلتے پھرتے ہر جگہ چچا کو آم ہی آم دکھائی دیتے تھے۔ ان کے سبھی دوست آم کے رسیا تھے اس لیے انہوں نے ۹ تاریخ کو سب دوستوں کو اپنے ہاں مدعو کر لیا۔ گلو میاں اور پہلوان جی اس آم پارٹی سے بہت خوش تھے۔ ۸ تاریخ کی شام کو تیاریاں مکمل تھیں۔ چچا خود ایک ایک چیز کا تفصیلی جائزہ لے رہے تھے۔

"جمن! تم نے برف کے لیے طفیل کو کہہ دیا ہے۔"

"جی سرکار! برف کے دو بلاک ۹ تاریخ کو صبح ہی آجائیں گے۔"

"اور استاد! ٹینٹ والوں کو بڑے ٹپ لانے کے لیے کہہ دیا ہے۔"

"جی مالک! ٹپ وقتِ مقررہ پر پہنچ جائیں گے۔"

"شاباش، شاباش۔" چچا نے مسکرا کر کہا۔

۹ تاریخ کو چچا کے ہاں خاصا رش تھا۔ رشتے داروں کے ساتھ ساتھ دوست اور ہمسائے بھی اس آم پارٹی میں بلائے گئے تھے۔ چچا بے مقصد اِدھر اُدھر گھوم رہے تھے۔ آموں کے لیے ٹپ موجود تھے ان میں برف تو تھی مگر آم نہیں تھے۔ جب کافی دیر ہو گئی تو پہلوان جی نے پوچھا:

"شیر محمد نے کتنے بجے آنا ہے؟"

"یہ تو اس نے خط میں نہیں لکھا بس یہی لکھا ہے کہ وہ ۹ تاریخ کو آئے گا، یہ نہیں لکھا کہ کتنے بجے آئے گا، میں جمن کے ساتھ شیر محمد کو لینے اسٹیشن جا رہا ہوں، استاد تم یہاں کے انتظامات دیکھنا۔"

دو گھنٹے بعد چچا اور جمن تو آ گئے مگر ان کے ساتھ شیر محمد نہ تھا، پھر دوپہر سے شام ہو گئی مگر شیر محمد نہ آیا۔ مہمان آپس میں کھسر پھسر کرنے لگے۔ کچھ کا خیال تھا کہ چچا تیز گام نے ان کے ساتھ مذاق کیا ہے۔ چچا ہر ایک کو تسلی دے رہے تھے کہ شیر محمد اور آم بس آنے ہی والے ہیں۔ جب کافی دیر ہو گئی تو پہلوان جی نے چچا کو گھورتے ہوئے کہا"

"لاؤ دکھاؤ، تمہارے دوست کا خط کہاں ہے؟"

"یہ رہا خط، خود پڑھ لو اس پر صاف صاف لکھا ہے کہ شیر محمد نے ۹ تاریخ کو آنا ہے۔"

چچا نے شیروانی کی جیب سے خط نکال کر پہلوان جی کی طرف بڑھایا۔ پہلوان جی نے خط پڑھنا شروع کیا اور اس سطر کو بغور دیکھنے لگے، جس پر ۹ تاریخ لکھی ہوئی تھی۔ خط کو ٹیپ سے جوڑا گیا تھا اس لیے ۹ کا ہندسہ واضح نہیں پڑھا جا رہا تھا۔

"خط کو ٹیپ کس نے لگائی ہے؟" پہلوان جی نے پوچھا۔

اس کے جواب میں چچا نے ساری بات بتا دی۔

"آپ تیزی نہ دکھائیں تو آپ کو چچا تیز گام کون کہے۔"

"کیا مطلب؟"

"ابھی مطلب بتاتا ہوں۔" یہ کہہ کر پہلوان جی نے نہایت احتیاط کے ساتھ ٹیپ اتاری اور کاغذ کو آپس میں ملا کر دکھاتے ہوئے کہا:

"اب دیکھو کیا تاریخ پڑھی جا رہی ہے؟"

"یہ۔۔۔یہ۔۔۔تو۔۔۔ہاں یہ تو ۹ کی بجائے ۱۹ پڑھا جارہا ہے۔"

"جی ہاں شیر محمد نے ۱۹ تاریخ کو آنا ہے، آپ نے ٹیپ لگاتے ہوئے ایک کے ہندسے کو نیچے دبادیا تھا۔"

"اب کیا ہو گا؟" چچا نے پہلوان جی کو دیکھتے ہوئے پوچھا۔

"اب بے عزتی ہو گی، مہمان باتیں بنائیں گے اور آپ کو بُرا بھلا کہتے ہوئے یہاں سے رخصت ہو جائیں گے۔"

"کیا ایسا ہی ہو گا؟"

"جی بالکل ایسا ہی ہو گا، آپ کو تیزی کی کچھ تو سزا ملنی چاہیئے۔"

وقت گزرنے کے ساتھ ساتھ مہمانوں میں بے چینی بڑھتی جارہی تھی۔ پریشانی کی وجہ سے چچا کا سر چکرانے لگا تھا۔ یہ سب کیا دھراان کا اپنا تھا۔

مغرب سے کچھ دیر پہلے چچا تیز گام کے بھانجے مبارک علی ان کے سامنے موجود تھے۔ چچا نے انہیں گلے لگایا اور خوب دعائیں دیں۔

"ماموں! یہ سب لوگ کیوں آئے ہیں؟"

"وہ آ۔۔۔آ۔۔۔آم کھانے کے لیے۔"

"آم کھانے کے لیے۔ مبارک علی نے دہرایا۔۔

"جی ہاں آم کھانے کے لیے، لیکن۔۔۔"

"لیکن کیا؟"

اس لیکن کے جواب میں چچا نے تمام داستانِ آم سنادی۔ ساری بات جان کر مبارک علی نے کہا:

"ماموں! آپ کا مسئلہ حل ہو گیا ہے۔"

"وہ کیسے ؟"

"آیئے میرے ساتھ۔"

جب چچا تیز گام مبارک علی کے ساتھ گلی میں آئے تو گاڑی میں بہت سی آموں کی پیٹیاں تھیں۔

"یہ---یہ---آم---"

"ماموں یہ میں آپ کے لیے لایا ہوں، مجھے پتا ہے آپ آموں کے رسیا ہیں، میں ان دنوں ملتان میں ہوں، یہ آم میں وہیں سے لارہا ہوں۔" مبارک علی نے کہا۔

"تم تو میرے لیے رحمت بن کر آئے ہو اور مزے دار آم لائے ہو، او جمن، او استاد آؤ اور آم اندر لے جاؤ، دیر مت کرو، جلدی آؤ۔" چچا نے گلی سے ہانک لگائی۔

کچھ ہی دیر میں آم پارٹی اپنے عروج پر تھی۔ مہمان تیزی سے مزے دار آم کھا رہے تھے اور چچا کی تعریف کر رہے تھے۔ چچا حسبِ معمول اپنی تیزی پر قابو نہ رکھ سکے اور ترنگ میں آکر بولے:

"۱۹ تاریخ کو پھر آم پارٹی ہو گی۔"

یہ اعلان سن کر مہمان آم کھاتے جارہے تھے اور چچا تیز گام زندہ باد کے نعرے لگاتے جارہے تھے۔

(۸) شرفو کی کہانی

میرزا ادیب

وہ ایک لکڑہارا تھا۔ ساری عمر اس نے جنگلوں میں جاکر لکڑیاں کاٹ کر انھیں بیچا تھا اور اپنی اس محنت سے جنگل سے کچھ دور ایک چھوٹا سا مکان بنوایا تھا، جس میں وہ، اس کی بیوی اور جوان بیٹا رہتا تھا۔ بیوی کا نام نادی تھا اور بیٹے کا شرفو۔ تینوں آرام اور سکون سے زندگی بسر کر رہے تھے۔ کام صرف لکڑہارا کرتا تھا۔ بیوی اور بیٹا کوئی ایسا کام نہیں کرتے تھے جس میں آمدنی میں اضافہ ہو۔ بیوی ہانڈی روٹی پکاتی تھی اور بیٹا گھر ہی میں رہ کر چھوٹے چھوٹے کام کرتا تھا۔

لکڑہارا بوڑھا ہو گیا تھا۔ بڑھاپے کی وجہ سے اس میں پہلے سی ہمت نہیں رہی تھی۔ وہ آئے دن بیمار ہی رہتا تھا، مگر اسے کوئی ایسی پریشانی نہیں تھی۔ سمجھتا تھا کہ میرا شرفو اب بچہ نہیں رہا۔ آسانی سے گھر کی ذمہ داریاں سنبھال سکتا ہے۔ شرفو کی ماں کا بھی یہی خیال تھا، اس لیے اسے بھی کسی قسم کی فکر نہیں تھی۔

ایک صبح لکڑہارا جاگا تو اس نے محسوس کیا کہ بڑا کم زور ہو گیا ہے۔ جنگل میں جا کر لکڑیاں کاٹنا اس کے لیے مشکل ہے۔ اس کا بیٹا صبح ناشتے سے فارغ ہو چکا تھا اور اس بات پر حیران ہو رہا تھا کہ اس کا باپ معمول کے مطابق صبح سویرے گھر سے نکلا کیوں نہیں۔ چارپائی پر لیٹا کیوں ہے؟

لکڑہارا سمجھ گیا کہ اس کا بیٹا کیا سوچ رہا ہے۔ اس نے شرفو کو اشارے سے اپنے پاس

بلایا اور پیار سے بولا: "شرفو بیٹا!"

"جی، ابا جی!"

"دیکھو بیٹا! اب اپنے گھر کی ذمہ داری تمھیں سنبھالنا ہوگی۔ میں بوڑھا ہو گیا ہوں، بیمار بھی ہوں۔"

"تو فرمائیے ابا جی!" شرفو نے پوچھا۔

"بیٹا! جو کام میں نے ساری عمر کیا ہے، وہ اب تم کرو۔ لکڑیاں کاٹنا آسان کام نہیں ہے، مگر تم ہمت والے اور طاقت ور ہو۔ شروع شروع میں یہ کام ذرا مشکل لگے گا۔ پھر رفتہ رفتہ آسان ہو جائے گا۔ میں تمھیں برابر مشورے دیتا رہوں گا، جو تمھارے لیے مفید ہوں گے۔ سمجھ گئے بیٹا!"

شرفو نے ہاں میں سر ہلا دیا۔

"شاباش بیٹا! مجھے تم سے یہی امید تھی۔ شوق سے کام کرو گے تو ڈھیر سارے پیسے کما لو گے۔"

شرفو کی ماں پاس ہی کھڑی یہ گفتگو سن رہی تھی۔ شرفو کے باپ نے اس کی طرف دیکھ کر کہا: "نادی! میرا کلہاڑا لے آؤ۔"

نادی اندر سے کلہاڑا لے آئی۔

"بیٹا! یہ ہمارا ورثہ ہے۔ اس کی حفاظت کرتے رہنا، کیوں کہ اس کے ذریعے سے ہی تو ایک لکڑہارا پیڑ سے لکڑیاں کاٹتا ہے۔"

یہ کہتے ہی لکڑہارا چارپائی سے اٹھ بیٹھا۔ اس نے کلہاڑا اٹھا کر شرفو کے کندھے پر رکھ دیا اور اسے بتانے لگا کہ اچھے پیڑ کہاں کہاں ہیں۔ کتنی لکڑیاں ہر روز کاٹنی ہوں گی اور انھیں کس طرح گٹھا بنا کر سر پر اٹھا کر شہر میں وہاں لے جانا ہوگا، جس جگہ لکڑیاں بیچی

جاتی ہیں، لکڑہارے نے اسے اس جگہ کا نام بھی بتا دیا۔

شرفو بڑے شوق سے باپ کی باتیں سن رہا تھا۔ اس کا یہ شوق دیکھ کر اس کے ماں باپ دونوں بہت خوش تھے۔

جب لکڑہارے نے وہ سب کچھ بتا دیا، جو وہ اپنے بیٹے کو بتانا چاہتا تھا تو کہنے لگا: "لو شرفو! آج سے کام شروع کر دو۔"

شرفو کی ماں نے بیٹے کو ڈھیروں دعائیں دیں اور شرفو کلہاڑا کندھے سے لگائے اپنے گھر سے نکل گیا۔ جنگل کا راستہ وہ اچھی طرح جانتا تھا۔ ابھی سورج طلوع نہیں ہوا تھا کہ وہ باپ کی بتائی ہوئی جگہ پر پہنچ گیا۔ بیسیوں پیڑ تھوڑے تھوڑے فاصلے پر ایک قطار میں کھڑے تھے۔ اس کے باپ نے بتایا تھا کہ پہلے پیڑ کی شاخیں جھکی ہوئی ہیں، ان شاخوں کو کاٹنا آسان ہے، پہلے یہی شاخیں کاٹنا۔

وہ ایک لمبی جھکی ہوئی شاخ کو کاٹنے کی کوشش کر رہا تھا کہ اچانک اس کی نظر شاخ کے اس مقام پر پڑی، جہاں سے یہ پیڑ سے پھوٹی تھیں۔ اس نے دیکھا کہ وہاں چڑیوں نے ایک گھونسلا بنا رکھا ہے۔ اس نے دو تین بچے بھی اس گھونسلے میں دیکھ لیے تھے۔ یہ گھونسلا دیکھ کر فوراً اس کے ذہن میں یہ سوال اٹھا: میں نے یہ شاخ کاٹی تو کیا گھونسلا تباہ نہیں ہو جائے گا؟

اس نے اپنے سوال کا خود جواب دیا: "بالکل تباہ ہو جائے گا اور وہ بچے جو اس گھونسلے میں پرورش پا رہے ہیں، نیچے گر کر مر جائیں گے اور ان کے ماں باپ کو بڑا دکھ ہو گا۔"

اس نے کلہاڑا اس شاخ کو کاٹنے کے لیے اٹھا یا ہی تھا کہ یکایک اس کا ہاتھ رک گیا۔

وہ آہستہ سے بولا: "نہیں، میں یہ ظلم نہیں کر سکتا۔"

اور وہ اس پیڑ کے سائے میں بیٹھ گیا۔

کئی باتیں اس کے ذہن میں آگئیں۔ میرے باپ نے لکڑیاں کاٹنے کے لیے بھیجا ہے۔ اس کا حکم مانتا ہوں تو وہ خوش ہو گا۔ میں لکڑیاں بیچ کر پیسے کماؤں گا، لیکن یہ ان چڑیوں پر ظلم ہو گا، جنہوں نے یہاں گھونسلا بنا رکھا ہے۔ وہ سوچتا رہا کہ ماں باپ کا حکم مانے یا ان بیچاری چڑیوں کے گھونسلے کو سلامت رکھے۔ اس کی نظر بار بار گھونسلے پر جم جاتی تھی۔ آخر وہ اٹھ بیٹھا اور پکے ارادے کے ساتھ واپس گھر روانہ ہو گیا۔ اس کا باپ گھر کے باہر چارپائی پر لیٹا اس کا انتظار کر رہا تھا۔ شرفو کو دیکھا تو بولا: "شرفو بیٹا! جلدی آگئے ہو۔ بڑی جلدی لکڑیاں بک گئی ہیں۔"

"نہیں ابا جان!"

"کیا بات ہے؟"

"ابا جان! میں پیڑ پر کلہاڑا نہیں چلا سکا۔"

"کیوں؟" لکڑہارا حیران ہو کر بولا۔

شرفو نے جو کچھ دیکھا تھا، وہ باپ کو بتا دیا اور اس سے پہلے کہ اس کا باپ کچھ کہے، اس کی ماں نے کہا: "بیٹا! اس پیڑ پر چڑیوں نے گھونسلا بنا رکھا تھا تو اسے چھوڑ کر دوسرے پیڑ کی شاخیں کاٹ لیتے۔"

شرفو نے جواب دیا: "اماں! وہاں بھی پرندوں نے گھونسلا بنا رکھا تھا۔ کیسے کاٹتا اسے۔"

لکڑہارا اپنے بیٹے کی بات سن کر بہت خفا ہوا اور غصے سے کہنے لگا: "او احمق! لکڑہارا یہ نہیں دیکھتا کہ پیڑ پر پرندوں کا گھونسلا ہے یا نہیں۔ اسے لکڑیاں کاٹ کر بیچنی ہوتی ہیں۔ تم نے بڑی احمقانہ حرکت کی ہے۔ میں نہیں سمجھتا، تم اتنے پاگل ہو گے۔"

لکڑہارا غصے میں جانے اور کیا کہہ دیتا کہ اس کی بیوی نے سرگوشی میں سمجھایا: "آخر

بچہ ہے اور کچھ نہ کہو۔ دو تین دن ٹھہر جاؤ۔ اپنی ذمے داری سنبھال لے گا۔"

دو دن بیت گئے تو پھر باپ نے بیٹے کو ایک اور مقام کا پتا بتایا اور تاکید کی خبر دار! پیڑ پر ضرب لگانے سے پہلے اوپر نہیں دیکھنا۔"

شرفو نے عہد کر لیا کہ وہ پہلے کی طرح اوپر نہیں دیکھے گا اور باپ کے بتائے ہوئے مقام پر چلا گیا۔ اسے اپنا وعدہ یاد تھا۔ چناں چہ پہلے پیڑ کے پاس پہنچ کر اس نے اوپر نہ دیکھا۔ وہ نیچے دیکھتے ہوئے کلہاڑا مارنے لگا کہ اس کی نظر پیڑ کے نیچے اس جنگلی پھل پر پڑی، جسے بعض لوگ ہانڈی میں پکا کر کھاتے ہیں۔

ایک سوال ذہن میں ابھر آیا: اس پیڑ پر یہ پھل لگتا ہے۔ میں اسے کیوں نقصان پہنچاؤں؟ کیا اس کی شاخیں کاٹنے سے اس پھل کا کچھ حصہ ضائع نہیں ہو جائے گا؟ کیا یہ ان لوگوں کے ساتھ زیادتی نہیں ہو گی جو اسے ہانڈی میں پکا کر کھاتے ہیں؟

وہ دیر تک اس پیڑ کے نیچے بیٹھا رہا اور سوچتا رہا۔

اس روز جب لکڑہارے نے اپنے بیٹے کو دیر سے آتے دیکھا تو اسے یقین ہو گیا کہ اب یہ ضرور لکڑیاں بیچ کر پیسے لایا ہے۔ وہ خوش ہو کر بولا: "آج میرا بیٹا کافی پیسے لے کر آیا ہے۔ ہے نا، کیوں شرفو؟"

"نہیں ابا جان! میں کوئی پیسہ نہیں لایا۔" پھر اس نے باپ کو پیڑ نہ کاٹنے کی وجہ بتا دی۔ بیٹے کی بات سنتے ہی لکڑہارے کے تن بدن میں آگ لگ گئی۔

"تو کچھ نہیں کر سکے گا۔ تجھے لکڑیاں کاٹ کر بیچنے کے لیے بھیجا تھا، پیڑ کا پھل دیکھنے کے لیے نہیں۔"

"میں کیا کرتا ابا جان! آپ جانتے نہیں، لوگ اس پھل کو پکا کر کھاتے ہیں۔"

باپ گرجا: "تو تمھیں کیا؟ لوگ پھل پکا کر کھاتے ہیں، تم تو نہیں۔"

"ابا جی! وہ لوگ بھی تو ہمارے جیسے ہیں نا۔"

لکڑہارے کا غصہ بڑھتا جا رہا تھا کہ اس کی بیوی نے پھر اسے سمجھایا: "بس اب اور کچھ نہ کہو۔ مجھے امید ہے، شرفو سیدھے راستے پر آجائے گا۔"

لکڑہارا بولا: "اب کے میں برداشت کر لیتا ہوں۔ آئندہ اس نے ایسی بیہودہ حرکت کی تو میں اسے گھر سے نکال دوں گا۔"

چند دن گزر گئے۔ لکڑہارے نے اس مرتبہ پرانے درختوں کا پتا بتا کر کہا: "خبردار! اب کے کوئی بہانہ نہ بنانا، پیسے لے کر گھر آنا۔"

شرفو جنگل میں گیا۔ اس نے پرانے پیڑ دیکھے۔ بہت بوڑھے ہو چکے تھے۔ انھیں دیکھ کر وہ سوچنے لگا: انھوں نے برسوں تک مسافروں کے لیے ٹھنڈے سائے مہیا کیے ہیں۔ تھکے ہوئے لوگ ان کے نیچے بیٹھ کر سکون حاصل کرتے رہے ہیں۔ انھیں کاٹنا انسان کے ان محسنوں کا احسان ماننے کے بجائے ان پر الٹا ظلم نہیں ہو گا؟

اور وہ واپس آنے لگا۔ راستے میں ایک نہر پڑتی تھی۔ اس کے پل پر سے گزرتے ہوئے اس نے کلہاڑا نیچے پانی میں پھینک دیا کہ نہ یہ ہو گا اور نہ مجھے لکڑیاں کاٹنے کے لیے کہا جائے گا۔ شہر میں ایک بازار سے گزرتے ہوئے اس نے کئی دکانوں کو دیکھ کر سوچا: یہ اچھا کام ہے۔ میں بھی ابا جان سے کہہ کر بازار میں ایک دکان کھول لوں گا۔

اس روز وہ شام کے قریب اپنے گھر پہنچا۔ لکڑہارے کو پورا یقین تھا کہ اس کا بیٹا ضرور لکڑیاں بیچ کر آیا ہے۔

"تو آج تم نے کیا کام کیا ہے؟"

باپ کا یہ سوال سن کر شرفو بولا: "ابا جان! پیڑ تو میں نہیں کاٹ سکا۔ وہ ساری عمر مسافروں کو ٹھنڈے سائے دیتے رہے ہیں۔ میں نے سوچ لیا ہے کہ بازار میں دکان پر

بیٹھا کروں گا۔"

بیٹے کے منہ سے جیسے ہی یہ لفظ نکلے لکڑہارا اپنے غصے پر قابو نہ رکھ سکا اور اسے اسی وقت گھر سے نکال دیا۔ ماں نے دخل دینا چاہا تو لکڑہارے نے اسے بھی جھڑک دیا:"بس، بس اب تم ایک لفظ نہیں کہو گی۔"

شر فو گھر سے نکل کر چلنے لگا۔ اس کا کوئی ٹھکانا تو تھا نہیں۔ کہاں جا سکتا تھا؟ چلتا گیا، چلتا گیا، یہاں تک کہ اس قدر تھک گیا کہ اس کے لیے ایک قدم اٹھانا بھی دو بھر ہو گیا تھا۔ قریب ہی ایک بڑی شان دار حویلی تھی۔ وہ اس کے دروازے پر گر پڑا اور بے ہوش ہو گیا۔

ادھر لکڑہارا اور اس کی بیوی اپنے بیٹے کی جدائی میں تڑپ رہے تھے۔ لکڑہارا بری طرح پچھتار رہا تھا کہ اس نے بیٹے کو گھر سے کیوں نکال دیا تھا۔ ایک دن دونوں بیٹے کی باتیں یاد کر کے رو رہے تھے کہ ان کے مکان کے آگے ایک بگھی رکی۔ اس میں سے ایک شخص اترا اور لکڑہارے کے دروازے پر دستک دینے لگا۔

"کیوں جناب! کیا بات ہے؟" لکڑہارے نے دروازہ کھول کر اس آدمی سے پوچھا۔

"آپ کو، آپ کی بیوی کو نادر خاں نے بلایا ہے۔"

"نادر خاں کون؟" لکڑہارے نے یہ نام پہلی بار سنا تھا۔

"آپ نے نادر خاں کا نام نہیں سنا؟"

"جی نہیں۔"

"وہ بڑے آدمی ہیں، سب ان کی عزت کرتے ہیں۔ مہربانی کر کے بگھی میں بیٹھ جائیں۔"

لکڑہارا اور اس کی بیوی بگھی میں بیٹھ گئے۔ بگھی انھیں ایک بڑے خوب صورت

اور شاندار باغ میں لے آئی۔

وہ باغ کو دیکھ دیکھ کر حیران ہو رہے تھے کہ ایک طرف سے آواز آئی: "ابا جان! اماں!"

"ارے شرفو!" لکڑہارا اور اس کی بیوی اپنے بیٹے کو دیکھ کر حیران ہو گئے۔ شرفو نے اعلٰی قسم کا لباس پہن رکھا تھا اور بہت خوش لگتا تھا۔

"تم یہاں کہاں؟" شرفو کی ماں نے پوچھا۔

شرفو کہنے لگا: "اماں! اس شام جب ابا جان نے مجھے گھر سے نکالا تھا تو میں تھک کر ایک حویلی کے دروازے پر گر پڑا۔ اس حویلی کے مالک نادر خاں ہیں، جنھوں نے یہ دیکھ کر کہ مجھے پیڑوں اور پرندوں سے بڑی محبت ہے، اپنے اس باغ کا مالی بنا دیا ہے۔ وہ ہیں میرے محسن۔"

نادر خاں قریب آ گئے اور کہنے لگے: "واقعی شرفو کی اس بات نے مجھے بہت متاثر کیا تھا کہ اسے پیڑوں کا بڑا خیال ہے۔ پیڑوں سے محبت کرتا ہے۔ میں نے اسے اپنے باغ کے پیڑوں کی رکھوالی کا کام سپرد کر دیا ہے۔ وہ یہاں نئے نئے پیڑ لگائے گا اور ان کی حفاظت کرے گا، اس نے پیڑوں سے محبت کی ہے اور پیڑوں نے اس محبت کا یہ بدلہ دیا ہے۔"

شرفو کے اصرار پر اس کے ماں باپ بھی وہیں رہنے لگے اور خوشی خوشی زندگی بسر کرنے لگے۔

(۹) نیا عزم

غلام حسین میمن

"سر! کیا میں اندر آ سکتا ہوں؟" عابد نے میرے کمرے میں جھانکتے ہوئے مجھ سے اجازت طلب کی۔ میں اس وقت اگلے ہفتے میں ہونے والے سیمینار کے لیے اپنی تقریر لکھنے میں مصروف تھا۔ ایسے وقت میں کسی کی مداخلت میرے لیے خاصی تکلیف دہ تھی، مگر پھر بھی میں نے عابد کو اندر آنے کی اجازت دے دی، کیوں کہ وہ نہایت فرماں بردار اور ذہین طالب علم رہا تھا۔ وہ اندر آ کر میرے سامنے کرسی پر بیٹھ گیا اور میں دوبارہ تقریر لکھنے میں مصروف ہو گیا۔ کچھ دیر بعد میں نے سر اٹھا کر اس سے آنے کا مقصد دریافت کیا۔ عابد نے کہا: "سر! کافی دنوں سے آپ سے ملاقات کرنے کو دل چاہ رہا تھا۔ آج آپ سے ایک مشورہ کرنے کے لیے حاضر ہوا ہوں۔"

میں نے پہلے اس کے ابو کی خیریت معلوم کی، کیوں کہ ریٹائرمنٹ کے بعد وہ مسلسل بیمار رہنے لگے تھے۔ عابد کے والد صادق صاحب ایک طویل عرصے تک پوسٹ آفس میں ملازم رہے تھے۔ وہ سیدھے سادھے اور شریف انسان تھے۔ دفتری چال بازیوں اور چاپلوسی سے کوسوں دور رہتے تھے، اس لیے ریٹائرمنٹ تک کسی بڑے عہدے تک نہ پہنچ سکے۔ عابد ان کا اکلوتا بیٹا تھا۔ مجھے معلوم ہے کہ گزشتہ کئی مہینوں سے بے کار ہے اور ملازمت کی تلاش میں مارا مارا پھر رہا ہے۔ حالانکہ والد کی پنشن اور ریٹائرمنٹ کی رقم ایک چلتے ہوئے کاروبار میں لگانے کے بعد معقول آمدنی کی وجہ سے وہ

مالی پریشانی کا شکار تو نہ تھا، مگر اپنے دوستوں کو سفارش کی بدولت اعلیٰ عہدوں پر فائز دیکھ کر وہ الجھن کا شکار ہو جاتا تھا۔ میں نے کرسی کی پشت سے کمر ٹکاتے ہوئے اس سے پوچھا:

"ہاں اب کہو! کیا کہنا چاہتے ہو؟"

"کافی کوشش کے بعد ایک ملازمت کی امید ہوئی ہے۔ آپ سے اس سلسلے میں مشورہ کرنا چاہتا ہوں۔" عابد نے کہا۔

میں نے خوشی کا اظہار کیا: "مبارک ہو۔"

عابد نے مزید وضاحت کرتے ہوئے کہا: "پولیس کے محکمے میں ہے اور اے ایس آئی کا عہدہ ہے۔"

"بھئی یہ تو اور بھی اچھی بات ہے۔ محکمہ پولیس کو تم جیسے محنتی اور ایمان دار لوگوں کی اشد ضرورت ہے۔"

"مگر ایک مسئلہ ہے۔" عابد نے ڈرتے ڈرتے کہا۔

میں نے جلدی سے پوچھا: "وہ کیا؟"

"یہ ملازمت بغیر سفارش کے مل رہی ہے، مگر ہمیں رشوت دینی پڑے گی۔"

"رشوت؟" میں نے حیرت سے اسے دیکھا۔

عابد بولا: "رشوت کے بغیر یہ نوکری نہیں مل سکتی۔"

"بیٹا! تم یہ رقم کس طرح دو گے؟"

عابد نے کہا: "ابو سے مانگوں گا، مگر میں یہ رقم انھیں جلد لوٹا دوں گا۔"

میں نے حیرت سے پوچھا: "مگر رقم اتنی جلدی کیسے لوٹاؤ گے؟"

عابد کچھ کہتے کہتے رک گیا۔ وہ اپنی بات کہتے ہوئے ہچکچا رہا تھا اور میں اسے دیکھے جا رہا تھا۔ کچھ دیر خاموشی رہی، پھر میں نے کہا: "یعنی تم رشوت دی ہوئی رقم رشوت لے کر

ادا کروگے؟"

عابد کچھ نہ بولا اور خاموشی سے سر جھکائے میری بات سنتا رہا۔ گویا میرا اندازہ درست تھا۔ افسوس اور تشویش کی ایک لہر میرے اندر ابھری، مگر میں نے خود پر قابو رکھا اور اسے بڑے پیار سے مخاطب کرتے ہوئے کہا: "بیٹا! اگر تمھیں جلدی نہ ہو تو میرے ساتھ چلو۔ میں تمھیں اپنے ایک دوست سے ملواؤں گا۔"

عابد نے فوراً کہا: "جی سر! مجھے آپ کے دوست سے مل کر خوشی ہوگی۔"

کچھ دیر بعد میں عابد کے ساتھ اپنے دوست نظامی صاحب کے بنگلے میں داخل ہو رہا تھا۔ چوکیدار مجھے جانتا تھا، اس لیے اس نے فوراً دروازہ کھول دیا۔

"اب تمھارے والد صاحب کی طبعیت کیسی ہے؟" میں نے ڈرائنگ روم میں داخل ہوتے ہوئے نظامی صاحب کے بڑے بیٹے شرجیل سے پوچھا۔

اس نے بیزاری سے جواب دیا: "ویسی ہی ہے جیسے آپ نے پچھلی بار دیکھی تھی۔"

شرجیل نے ہمیں مریض کے کمرے کے سامنے کھڑا کر دیا۔ ہمیں کھلے ہوئے دروازے سے کمرے کے درمیان میں ایک مریض لیٹا ہوا نظر آیا۔ شرجیل ہمیں وہیں چھوڑ کر گھر کے اندر چلا گیا۔ میں نے کہا: "اصل میں مسئلہ یہ ہے کہ مریض سے ملنے کمرے کے اندر کوئی بھی نہیں جاسکتا۔"

عابد نے حیرت سے پوچھا: "وہ کیوں سر؟"

اب میں نے عابد کو وضاحت سے بتایا: "یہ شخص میرا بہترین دوست ہے۔ تعلیم مکمل کرنے کے بعد میں کالج میں لیکچرار ہو گیا اور پھر شہر کی اہم جامعہ میں چلا گیا۔ نظامی نے مقابلے کا امتحان دیا اور کامیابی کے بعد ایک افسر کی حیثیت سے ملک کی انتظامی مشینری کا حصہ بن گیا۔ اپنی ملازمت کے دوران اس نے حلال و حرام میں کوئی تمیز باقی نہ

رکھی اور آج اس کے پاس یہ شان دار بنگلا اور کئی گاڑیاں ہیں۔ مزید یہ کہ مختلف کاروبار میں لگایا ہوا سرمایہ ہر مہینے معقول منافع بھی دیتا ہے، جس سے اس کے گھر والے چین کی زندگی گزار رہے ہیں۔"

عابد نے حیرت سے پوچھا: "مگر سر! انھیں ہوا کیا ہے؟ ان کے پاس تو کوئی بھی نہیں ہے۔"

میں نے جواب دیا: "میں وہی بتانے جا رہا ہوں۔ یہ کینسر جیسے موذی مرض میں مبتلا ہیں۔ اور مرض اس قدر بگڑ چکا ہے کہ ان کے جسم سے بدبو آتی ہے۔ گھر والے یا کوئی اور ان کے قریب بیٹھنے کی ہمت نہیں کر سکتا، اس لیے کوئی بھی ان کے پاس نہیں ہے۔ ایک ملازمہ ہے، جو ناک پر رومال رکھ کر وقت پر دوا دیتی اور کھانا کھلاتی ہے۔ صفائی وغیرہ کا کام دوسرا ملازم کرتا ہے۔"

عابد حیرت سے کبھی مجھے اور کبھی مریض کو دیکھنے لگتا۔ اس کے بعد ہم نظامی صاحب کے گھر سے نکل آئے۔ میں عابد کو اس کے گھر کے قریب اتارنے لگا تو اس نے کہا: "سر! میں سمجھ گیا کہ آپ کیوں مجھے اپنے دوست سے ملانے لے گئے تھے۔"

میں نے مسکرا کر کہا: "مجھے خوشی ہے کہ تم میری بات کی تہہ تک پہنچ گئے۔ نظامی صاحب کی حرام کی کمائی پر سارا گھر خوش ہے، مگر اب خود ان کے لیے دنیا کی ہر نعمت حرام ہو چکی ہے۔ یہ کیسی زندگی ہے۔ کیا تم بھی ایسی زندگی کے خواب دیکھ رہے ہو؟"

عابد فوراً بولا: "نہیں سر! میں ایمان دار باپ کا بیٹا ہوں، اس لیے رشوت دینے اور لینے سے خود کو ہمیشہ دور رکھوں گا۔ میں اس ملازمت کے بجائے مزید محنت کے بعد خود کو اہل ثابت کروں گا۔ ان شاء اللہ۔"

(۱۰) گدھے کے سینگ

اشرف تھانوی

یہ اس زمانے کی کہانی ہے جب یہ دنیا نئی نئی بنی تھی۔ زمین پر آدمیوں نے پھیل کر بستیاں بسالی تھیں۔ حیوان جنگلوں میں پھرا کرتے تھے۔ آدمیوں نے گائے بھینسوں کو پال کر ان کا دودھ نکالنا شروع کر دیا تھا۔ ان کے بچھڑوں کو بیل بنا کر کھیتی باڑی کا کام لینے لگے تھے، لیکن گدھے کو کسی نے نہ پکڑا تھا۔ وہ دوسرے جانوروں کے ساتھ جنگل میں پھرا کرتا تھا۔ اس وقت گدھا ایسا نہیں تھا جیسا اب ہے۔ اس وقت اس کے سر پر دو بڑے بڑے سینگ تھے، مگر گدھے کو اپنے سینگوں کی خبر نہیں تھی۔ جنگل میں آئینہ تو تھا نہیں جو کوئی اپنا عکس اس میں دیکھ لیتا اور پھر جنگل میں آئینہ کہاں سے آتا، آدمیوں نے ابھی آئینہ نہیں بنایا تھا۔ بہت سی چیزیں ضرورت پڑنے پر آدمی بناتے جا رہے تھے۔ سنا ہے آئینہ سکندر بادشاہ کے عہد میں اس کے حکم سے تیار ہوا تھا۔ خیر، تو گدھا جنگل کے ہرنوں، بارہ سنگھوں کو دیکھ کر سوچا کرتا تھا کہ میں ان سے ڈیل ڈول میں بہت بڑا ہوں، اگر ان کی طرح میرے بھی سینگ ہوتے تو میں سب سے زیادہ رعب دار ہوتا۔ اسی دھن میں ایک دن وہ ندی پر گیا۔ اس روز ندی کا بہاؤ رُکا ہوا تھا اور پانی ٹھہرا ہوا تھا۔

گدھے نے جیسے ہی پیاس مٹانے کے لیے پانی میں منہ ڈالا اسے اپنا عکس پانی میں نظر آیا۔ حیران ہو کر دیکھنے لگا کہ اس کے سر پر تو دو لمبے لمبے سینگ ہیں۔ وہ اپنی اگلی ٹانگیں تو سر پر نہیں پھیر سکتا تھا۔ یہ اندازہ کرنے کے لیے کہ سچ مچ اس کے سینگ ہیں، جلدی

جلدی پانی پی کر وہاں سے چل دیا۔ ایک کیلے کا درخت سامنے تھا۔ اس میں سینگ مار کر دیکھا۔ سینگ کی نوک تنے میں گھس گئی۔ اب تو گدھا بہت ہی خوش ہوا اور سینگوں کو ہلاتا ہوا آگے چلا۔ ایک خرگوش اچھلتا کودتا جا رہا تھا۔ گدھے نے اسے ڈانٹ کر روکا۔ خرگوش سہم کر کھڑا ہو گیا۔ گدھے نے کہا:

ایک سینگ اوڑوں موڑوں

ایک سینگ سے پتھر توڑوں

آ، رے خرگوش کے بچے

پہلے تیرا ہی پیٹ پھوڑوں

خرگوش ڈر گیا اور منہ بسورتے ہوئے بولا:"میں نے کیا قصور کیا ہے؟"

گدھے نے اکڑ کر کہا:

"تُو بہت گستاخ ہے۔ میرے سامنے سے چھلانگیں لگاتا ہوا چلا جاتا ہے۔ ٹھہر کر ادب سے مجھے سلام نہیں کرتا۔"

خرگوش نے معافی مانگی اور پچھلی دونوں ٹانگوں پر کھڑے ہو کر اور اگلی ٹانگ ایک ماتھے پر رکھ کر سلام کیا۔ گدھا یہ کہہ کر کہ اب کبھی سلام کیے بغیر میرے سامنے سے نہ جانا، آگے چل دیا۔ تھوڑی دور پر ایک گیدڑ ملا۔ گدھے نے اسے بھی روک کر کہا:

ایک سینگ اوڑوں موڑوں

ایک سینگ سے پتھر توڑوں

آ، رے گیدڑ کے بچے

پہلے تیرا ہی پیٹ پھوڑوں

گیدڑ تو بزدل ہوتا ہی ہے۔ اتنے بڑے گدھے کو یہ دھمکی دیتے دیکھ کر کانپنے لگا اور

جھجھکتے جھجھکتے بولا:

"گدھے صاحب! اگر مجھ سے کوئی خطا ہوئی ہے تو آپ بڑے ہیں، مجھے چھوٹا سمجھ کر معاف کر دیں۔"

گدھے نے اس سے بھی یہی کہا: "تم بے ادب ہو، مجھے سلام نہیں کیا کرتے۔" گیدڑ نے بھی گردن جھکا کر بڑی عاجزی سے سلام کیا۔ یہاں سے بھی گدھا آگے چلا تو لومڑی ملی۔

لومڑی بڑی مکار اور ہوشیار ہوتی ہے۔ وہ گدھے کو اکڑتے اتراتے دیکھ کر سمجھ گئی کہ یہ بے وقوف جانور آج کس وجہ سے اینٹھ رہا ہے۔ جیسے ہی گدھا قریب آیا، بولی:
"گدھے صاحب! آداب عرض کرتی ہوں۔ اس وقت کہاں تشریف لے جا رہے ہیں؟"

گدھے نے کہا: "آج جنگل کے گستاخ جانوروں کو ادب اور تمیز سکھانے نکلا ہوں، جو حیوان مجھے سلام نہیں کرتا، اس سے کہتا ہوں:

ایک سینگ اوڑوں موڑوں
ایک سینگ سے پتھر توڑوں
آ، رے لومڑی کے بچے
پہلے تیرا ہی پیٹ پھوڑوں

لومڑی بڑی تجربے کار تھی۔ اسے معلوم تھا کہ انسان، حیوان سے بڑا عقلمند ہوتا ہے۔ اس نے اونٹ اور گھوڑے جیسے بڑے جانوروں کو غلام بنا لیا ہے۔ اس نے سوچا کہ اس احمق گدھے کو بھی انسان تک پہنچانا چاہیے۔ اس لیے کہنے لگی:

"ایک آدمی کو میں نے جنگل کے کنارے دیکھا تھا۔ چار پاؤں سے چلنے والے جانور تو بے چارے سیدھے سادے ہیں، آپ تو اس جانور کو ٹھیک کیجیے جو دو پاؤں سے سر اٹھا کر

چلتا ہے۔ آپ کے مقابلے میں ہے تو دُبلا پتلا، مگر بہت گستاخ اور بڑا سر کش ہے۔"

گدھے نے پوچھا: "کیا اس کے سینگ میرے سینگوں سے بھی بڑے ہیں؟"

لومڑی نے جواب دیا: "بڑے چھوٹے کیسے، اس کے تو سرے سے سینگ ہی نہیں۔ خوامخواہ کا غرور ہے اور ہم سب جنگلی جانوروں سے اپنے آپ کو برتر سمجھتا ہے۔"

گدھے نے پھر سوال کیا: "کیا اس کا منہ میرے منہ سے بڑا ہے؟ اور اس کے لمبے لمبے نوکیلے دانت ہیں؟"

لومڑی نے کہا: "نہیں، کلھیا کی طرح ذرا سا منہ ہے اور گھاس کھانے والے ہرن چکاروں جیسے چھوٹے چھوٹے دانت ہیں۔ اگلے پاؤں جن سے وہ چلتا نہیں، انھیں ہاتھ کہتا ہے، وہ پچھلی ٹانگوں سے بھی پتلے اور چھوٹے ہیں۔ کان اتنے ذرا ذرا سے ہیں کہ آپ کے ایک کان سے آدمیوں کے بہت سے کان بن سکتے ہیں۔ بس شیخی ہی شیخی ہے۔"

گدھے نے کہا: "مجھے بتاؤ وہ کدھر ہے؟ میں ابھی جا کر اس کی ساری شیخی کر کری کر دوں؟"

لومڑی نے جس جگہ آدمی کو دیکھا تھا۔ اشارہ کر کے بتا دیا اور گدھا فوں فاں کرتا ہوا اس طرف چل دیا۔

جو آدمی وہاں پھر رہا تھا اس نے اعلیٰ درجے کا تیزاب بنایا تھا۔ اسے بوتل میں لیے اس کی آزمائش جنگلی جانوروں کی ہڈیوں پر ڈال ڈال کر کر رہا تھا کہ یہ گلتی ہیں کہ نہیں۔ ایک ہڈی کو گلتے دیکھ کر وہ اپنی کامیابی پر خوش ہو رہا تھا کہ گدھا وہاں پہنچا۔ آدمی کے ڈیل ڈول کو دیکھ کر دل میں ہنسا کہ اگر اس کو گرا کر میں اس پر گر پڑوں تو یہ میرے بوجھ سے ہی کچل کر رہ جائے گا۔ بڑی آن سے سر اٹھا کر بولا:

ایک سینگ سے اوڑوں موڑوں

ایک سینگ سے پتھر توڑوں

آ،رے آدمی کے بچے

پہلے تیرا ہی پیٹ پھوڑوں

اس آدمی نے جو یہ سنا تو بڑے اطمینان سے گدھے کو دیکھا اور بولا:"میں تو آپ کی
دعوت کرنے آیا ہوں اور آپ میرا پیٹ پھوڑنا چاہتے ہیں۔ یہ کیسی اُلٹی بات ہے؟"

گدھے نے کہا:"میری دعوت کس چیز کی؟ میرے کھانے کے لیے جنگل میں گھاس
بہت ہے۔"

آدمی نے جواب دیا:"گھاس کیا چیز ہے! میں آپ کو ایسی عمدہ چیز کھلاؤں گا، جو آپ
نے کبھی نہ کھائی ہو، میرا ایک زعفران کا کھیت ہے جو لہلہا رہا ہے اور بہت خوشبو دار ہے۔
آپ اسے چریں گے تو پھر آپ کی سانس سے ایسی خوشبو نکلے گی کہ سارا جنگل مہک اٹھے گا
اور سب چرند پرند حیران ہو کر آپ سے پوچھیں گے کہ یہ مہک آپ میں کیونکر پیدا ہو
گئی؟ اس کے کھانے سے آپ اتنے خوش ہوں گے کہ ہر وقت ہنستے رہا کریں گے۔"

گدھا آخر گدھا تھا آدمی کی باتوں میں آ گیا اور کہنے لگا:"لومڑی بڑی جھوٹی ہے۔ وہ تو
کہتی تھی کہ آدمی بہت برا ہوتا ہے۔ تم تو بہت اچھے ہو۔ جلدی سے مجھے زعفران کے
کھیت پر لے چلو۔"

آدمی نے گدھے کو ساتھ لے کر اپنی بستی کا رُخ کیا جو وہاں سے بہت دُور تھی۔

تھوڑی دُور چل کر آدمی نے گدھے سے کہا:" آپ کے چار پاؤں ہیں اور میں دو
پاؤں سے چلتا ہوں، آپ کا ساتھ نہیں دے سکتا۔ اگر آپ بُرا نہ مانیں تو میں آپ کی پیٹھ
پر بیٹھ جاؤں اور راستہ بتاتا ہوا چلوں۔"

گدھے نے زعفران کے لالچ میں اس کی بات مان لی اور آدمی گدھے پر سوار ہو

گیا۔ ابھی دونوں کچھ ہی دور ہی گئے تھے کہ آدمی بولا: "گدھے میاں! آپ پھدکتے ہوئے بہت تیز تیز چلتے ہیں، میں کہیں گر نہ پڑوں۔ اگر اجازت ہو تو میں آپ کے سینگ ہاتھوں سے پکڑ لوں؟"

گدھے نے اجازت دے دی۔ آدمی نے سینگ اوپر سے پکڑ کر سینگوں کی جڑوں پر تیزاب کے قطرے ٹپکا دیے۔ ذرا دیر میں دونوں سینگ ٹوٹ کر گرنے لگے۔ آدمی نے ان کو ہاتھ میں لے کر پیچھے کی طرف زور سے پھینک دیا۔ گدھے کا منہ آگے کی طرف تھا، وہ کیا دیکھتا، اسے خبر بھی نہ ہوئی اور دونوں سینگ غائب ہو گئے۔

چلتے چلتے بہت دیر ہو چکی تھی۔ گدھے کو تکان ہونے لگی تو بولا: "اے آدمی! اتنی دور تو آ گئے، زعفران کا کھیت کہاں ہے؟"

آدمی بستی تک اس پر سوار ہو کر جانا چاہتا تھا، بولا: "تھوڑی دور اور چلو۔"

گدھے کو شبہ گزرا کہ یہ آدمی دھوکا دے کر میری پیٹھ پر تو سوار نہیں ہوا، کہنے لگا: "میری پیٹھ سے اترو اور مجھے بتاؤ! وہ زعفران کا کھیت کہاں ہے؟"

آدمی گدھے پر سے اترا اور درخت کی ایک ڈال توڑ کر اس کی قمچی بنانے لگا۔ گدھے کو آدمی کے ٹھہرنے پر غصہ آ گیا۔ بھوک بھی لگی ہوئی تھی، جھنجلا کر بولا: "اے آدمی! تو زعفران نہیں کھلائے گا؟"

آدمی نے کہا: "کہیں گدھے بھی زعفران کھاتے ہیں؟"

اس پر گدھا آدمی کو مارنے پر آمادہ ہو گیا اور اپنی بات دہرائی:

ایک سینگ اوڑوں موڑوں
ایک سینگ سے پتھر توڑوں
آ، رے آدمی کے بچے

پہلے تیرا ہی پیٹ پھوڑوں

یہ سُن کر آدمی ہنسا اور بولا: "گدھے تیرے سینگ کہاں ہیں؟ وہ تو غائب ہو گئے۔ اب تُو کیا میرا پیٹ پھوڑے گا۔ جدھر کو میں کہوں سیدھا سیدھا چل، نہیں تو مارے قمچیوں کے تیری کھال اُدھیڑ دوں گا۔"

گدھے نے اپنا سر ایک پیڑ سے ٹکرا کر دیکھا تو معلوم ہوا کہ سر پر سینگ موجود ہی نہیں۔ آدمی نے قمچیوں کی مار سے اسے اپنے گھر کے راستے پر لگالیا اور دروازے کے آگے کھونٹا گاڑ کر ایک رسی سے باندھ دیا۔

اب گدھا بے چارہ آدمی کا بوجھ ڈھوتا ہے، سواری دیتا ہے، گاڑی کھینچتا ہے اور اپنی اس حماقت پر پچھتاتا ہے کہ سینگ پا کر میں اتنا مغرور کیوں ہو گیا تھا۔ سخت شرمندگی اسے آدمیوں کی بات سُن کر ہوتی ہے، جب کوئی آدمی بغیر کہے سُنے چلا جاتا ہے تو دوبارہ ملنے پر لوگ اس سے کہتے ہیں:

"تم ایسے غائب ہوئے، جیسے گدھے کے سر سے سینگ۔"

* * *

بچوں کی دس مزید دلچسپ کہانیاں

بہادر شکاری

مرتب : انیس الرحمٰن

بین الاقوامی ایڈیشن منظر عام پر آچکا ہے